# David
# a du flair

**Castor Poche**
**Collection animée par**
**François Faucher, Hélène Wadowski,**
**et Martine Lang**

**Une production de l'Atelier du Père Castor**

JEAN-HUGUES OPPEL

# DAVID A DU FLAIR

Pour Raphael
mai 1999

*Illustrations de*
*CAMILLE MEYER*

Castor Poche Flammarion

## Jean-Hugues Oppel

L'auteur est né en 1957. Il écrit des scénarios pour le cinéma, qui le passionne, et des polars pour tous les âges, « des mots d'urgence, de combat et de tendresse. Une littérature noire revendiquée, pour rire, s'interroger, se passionner, rêver et frissonner. »

## Camille Meyer

L'illustratrice de l'intérieur est née à Colmar en 1964. Après deux ans d'études aux Beaux-Arts de Mulhouse, elle a rejoint l'atelier d'illustration des Arts Décoratifs de Strasbourg.
Après avoir beaucoup travaillé dans la publicité et dans le domaine des livres scolaires, elle s'oriente maintenant vers d'autres aventures : le livre de poche et la bande dessinée.

## Jean-Louis Tripp

L'illustrateur de la couverture a comme principale activité de manger du chocolat ; il a aussi trouvé le temps de faire un petit homme Tom (3 ans), une kyrielle de bandes dessinées, une tripotée de peintures, un paquet de meubles d'art, une flopée de sculptures dont deux monumentales, sans oublier une myriade de pendules et d'objets aussi beaux qu'inutiles. Pourtant, une chose le met de mauvaise humeur : bricoler dans la maison. Une chose le met en joie : trouver un bon jeu de mots. Son signe distinctif : un Icare tatoué à l'épaule gauche.

Alexandra Carrasco

# Chapitre 1

— Chiroux n'est pas rentré...

Robert Montembert s'assoit et contemple sa tasse de café, pas fier de son annonce. Elle devient rengaine. Les visages de la famille rassemblée dans la cuisine pour le petit déjeuner s'assombrissent.

David a lâché sa tartine de pain grillé sur la nappe. Côté confiture. Théorème vérifié : toute tartine lâchée d'une quelconque hauteur retombe *toujours* du côté confiture. Assise en face de lui, sa sœur Nathalie arrête de touiller dans son bol de chocolat et louche vers sa mère ; d'ordinaire, celle-ci aurait déjà hurlé et sauté sur le rouleau de Sopalin pour réparer les dégâts.

Mais Françoise Montembert n'a pas vu la catastrophe. Elle lorgne son mari à travers ses lunettes rondes, songeuse.

— Robert, cela va faire trois jours, non ? dit-elle.

— Quatre ! précise David d'une voix rauque.

— Ce n'est pas la première fois que Chiroux fait une fugue... commence son père, faussement rassurant.

— Mais pas aussi longtemps, papa, tu sais très bien qu'il revient toujours au bout d'un jour ou deux ! s'écrie David, ponctuant son discours en tapant du poing sur la table.

Pile sur sa tartine retournée. Splotch. La gelée de groseilles s'incruste dans la nappe.

— David, on ne hurle pas à table !

— Je ne hurle pas, maman ! beugle David ; on est vendredi, Chiroux a disparu depuis lundi soir, et nous... nous, on se beurre les biscottes comme si de rien n'était !

— Ce chien a déjà fait des fugues, répète Robert Montembert ; sans doute cette fois s'est-il aventuré trop loin, dans un quartier qu'il ne connaît pas, et...

— Il s'est perdu ? Ben voyons ! ricane son fils.
— Attention, David, tu vas devenir grossier...
— Grossier mes fesses ! Chiroux n'est pas un chihuahua débile, papa, c'est un vrai chien qui a du flair, il est intelligent, il... Il saurait retrouver la maison !
— Et s'il s'est fait renverser par une voiture, gros malin malpoli ?
— Ne parle pas de malheur, Robert ! proteste sa femme ; nous sommes bien assez bouleversés comme ça.
— Te bile pas, maman, je ne suis plus un bébé, dit David ; j'ai pensé à un accident, oui, mais je n'y crois pas...
— Perdu ou écrasé, on nous aurait prévenus, papa, Chiroux est tatoué et il a son collier avec notre adresse dessus, dit doucement Nathalie, silencieuse jusque-là.

Paroles pleines de bon sens, que chacun médite. Le calme revient dans la cuisine, mais pas la paix dans les esprits. Au fur et à mesure que le temps passe, l'atmosphère des petits déjeuners familiaux se dégrade.

Françoise Montembert se ressaisit la première et frappe dans ses mains.

— Vous avez vu l'heure, tous ? Finissez de déjeuner ou vous allez être en retard... Moi aussi, d'ailleurs !

— Je ne vais pas au collège, je vais chercher mon chien, grogne David.

Après le fils, c'est le père qui donne du poing sur la table. Une giclée de café éclabousse la nappe. Un partout, la cafetière au centre.

— Il n'en est pas question, David, tu vas en classe !

— Mais, papa...

— Pas de « mais papa » ! Si j'apprends que tu as séché tes cours, ça bardera pour ton matricule, fiston ! C'est valable pour toi aussi, Nathalie...

— Mais j'ai rien dit, moi !

— Je me méfie ! réplique Robert Montembert avec une parfaite mauvaise foi ; maintenant, votre mère et moi, nous allons faire de notre mieux pour savoir où est passé Chiroux, n'allez pas croire que nous sommes des monstres insensibles...

David se renfrogne et plonge le nez dans son chocolat. Le lait a refroidi, il y a de la peau dessus, berk. Il la pêche à la petite cuillère et la dépose discrètement à côté du bol. Au point où en est la nappe...

Petit déjeuner avalé, toilette faite, départ à l'école pour les uns, au travail pour les autres.

Dans l'entrée, Nathalie aide son frère à enfiler son blouson avant de passer le sien, un bleu fluo qui met en valeur ses longs cheveux blonds. Coiffure d'aujourd'hui : une tresse, et chouchou assorti à la couleur de ses yeux gris perle.

— Chiroux ne reviendra pas, Nat', et il n'est pas mort, je le sens, ronchonne David en boutonnant son vêtement ; il lui est arrivé quelque chose de plus grave que ça...

— Plus grave que mourir ? Je ne vois pas ! dit sa sœur.

— On a kidnappé Chiroux...

— Tu es fou ! Pourquoi kidnapperait-on un animal ?

— Tu te rappelles le reportage à la télé, à propos des gens qui volent les chiens pour les revendre aux laboratoires de recherches scientifiques ?

Nathalie regarde bien son frère : c'est qu'il a l'air sérieux, le cadet, il ne parle pas à la légère.

— Tu ne dramatises pas un peu, non ?

— J'en ai rêvé toute la nuit ! Je me suis réveillé en sueur ce matin, et…

— Quand on reprend trois fois du gâteau de riz dès que les parents ont le dos tourné, on dort mal, c'est connu !

— Te fous pas de moi, Nat', j'ai fait un cauchemar atroce, Chiroux m'appelait… Il n'aboyait pas, il m'appelait avec des mots ! Il était dans une toute petite cage, il avait peur, on allait lui faire des choses épouvantables, et…

— Stop, frangin, ça devient du Spielberg, ton truc ! Au fait, pourquoi tu n'as pas raconté ce rêve à table ?

David lève les yeux au plafond, excédé. Trop grande, Nathalie, elle raisonne déjà. On ne devrait jamais vieillir.

— Parce que les parents m'auraient cru, peut-être ? dit-il en toisant sa sœur avec pitié ; toi oui, bien sûr, t'es l'aînée…

Mais moi, je ne suis que le petit dernier, on ne me prend pas au sérieux...
— Arrête, je vais pleurer ! Et si Chiroux rentre ce soir, couvert de boue et de puces comme la dernière fois ?
— Il ne rentrera ni ce soir ni jamais, si on ne va pas à sa recherche, déclare David, résolu ; moi, j'irai, c'est décidé ! Toi, tu fais comme tu veux, mais choisis ton camp, Nat', qui n'est pas avec moi est contre moi...
— Tu as lu ça où, toi ?
— Je t'emmerde, Nathalie !
La grande sœur encaisse. Son frère lui a donné son prénom en entier, c'est signe que ça va mal. Elle se penche sur lui ; ses yeux gris lancent des éclairs.
— Un, tu répètes ce que tu viens de dire et je te flanque une raclée ! Deux, je suis aussi inquiète que toi, j'aime Chiroux autant que tu l'aimes, papa et maman l'aiment aussi, ils vont faire tout ce qu'ils peuvent pour le retrouver...
— Moi aussi !
— D'accord, c'est entendu, et tu peux compter sur moi, tête de pioche !
— T'es sérieuse, Nat' ?
— On fera une enquête, les copains et

les copines nous aideront, on retrouvera Chiroux sain et sauf et on mettra les voleurs de chiens en prison ! Ça te va ?
— Tu jures, Nat' ?
Nathalie cracherait bien pour sceller le pacte, mais sur le carrelage de l'entrée ça va faire désordre. Elle pousse son frère vers la sortie en jurant – oralement.
Dans la cuisine, leur mère hurle et cramponne le Sopalin : elle vient de mettre la main dans la gelée de groseilles en débarrassant la table.

Le frère et la sœur descendent l'allée qui traverse le jardin de leur pavillon et mène à la rue. Ils habitent un lotissement récent, où les maisons sont alignées comme des carrés de choux.
David et Nathalie s'arrêtent un instant au portail, à côté duquel trône une construction en bois plutôt petite pour un chalet, mais relativement grande pour un coffre à outils : la niche à Chiroux.
— *De* Chiroux… murmure machinalement Nathalie.
— Qu'est-ce que tu dis ?

— Rien, je pensais tout haut !

Émue, Mlle Montembert ; la peine et la volonté farouche de son frère sont contagieuses.

La niche de Chiroux, donc. Un gag qui fait rire toute la famille depuis la pose de la première planche. Le chien avait été offert tout chiot à David pour ses huit ans ; petit bâtard à poil ras et roux, il avait été aussitôt baptisé Chiroux – chien roux. Le responsable du refuge de la SPA avait certifié que l'animal deviendrait fort et haut sur pattes, c'est pour cette raison que Robert Montembert avait vu les choses en grand pour sa niche.

En très grand : on aurait pu en loger trois comme lui dans la niche surdimensionnée – adulte, Chiroux n'avait pas dépassé la taille d'un gros cocker, ou d'un petit setter.

— Dépêchons-nous, David, l'heure tourne...

Nathalie referme le portail derrière son frère et tous deux s'en vont le long du trottoir. Le temps est maussade ; un peu frais.

Météo idéale pour remâcher de sombres pensées.

# Chapitre 2

Pensées sombres ou claires ou neutres sont pulvérisées pour David dès le premier cours de la journée : interrogation écrite surprise d'anglais. Paf.

Prenez une feuille, *John and Betty at the beach*, page sixty-one, translate the first paragraph please, aille ramass'atte ze sonnerie – la dernière phrase est de David.

Il déteste l'anglais, sa sœur adore ; elle prétend qu'elle veut mieux comprendre les paroles des chansons moulinées par son combiné radio-cassettes — You speak, Charles ! Déjà que ceux qui chantent en français, on les comprend à peine...

Elle est en troisième, Nathalie, David en cinquième. Pendant que son cadet tire la langue sur sa version, la blonde aînée s'initie aux arcanes des mathématiques modernes – en tirant la langue de même.

À la plage, John and Betty font des châteaux de sable. À la montagne, ils font de l'escalade (page 42) ; à la campagne, ils vont voir les vaches (the cows) et à Londres, ils assistent à la relève de la garde devant Buckingham Palace – aucune imagination, les petits Grands-Bretons. Si seulement ils montaient un groupe de hard-rock ou partaient combattre les dragons dans des donjons fourmillant de pièges mortels, cela motiverait les traducteurs en train de plancher dur.

— David...

Un murmure, sur sa gauche. P'tit Beur.

— David...

De son vrai nom Youssef. Parle couramment l'arabe, mais la langue de Shakespeare, c'est le pot au noir, il doit donc compter sur la coopération de ses camarades proches. Lui souffler comporte des risques, mais il faut réfléchir avant de refuser, P'tit Beur doit son surnom (outre ses origines) au fait que c'est un goinfre accompli aux poches toujours pleines de friandises variées, précieuse marchandise à troquer contre de non moins précieuses informations, selon un barème subtil : trois Malabar le droit de copier pendant la dictée, un sac de boules de coco l'exercice de géométrie euclidienne, un paquet de gaufrettes fourrées la dissertation complète recopiée au propre et rendue la veille de la remise au professeur – et ainsi de suite.

Ce n'est pas donné (on peut négocier) et surtout payable après notation des devoirs – prudent, P'tit Beur.

— David…

— Ta gueule, on va se faire repérer !

— David, merde, quoi, David…

— Ouais ?

— « èr'bède », c'est bien le matelas pneumatique ?

Articule comme une concasseuse, Youssef, et à voix chuchotée c'est encore pire. David jette un œil prudent par-dessus l'épaule de Molinard, un redoublant baraqué qui a le dos large : à son bureau, le professeur d'anglais, mister Beauchamp (prononcer « Bit'champe », première leçon, 11 septembre, neuf heures cinq) corrige des copies. Il n'a rien entendu. Pour le moment.

— T'écris ça comment ? marmonne David, la bouche en coin.

— A-I-R et B-E-D... C'est le matelas qu'on gonfle, hein ?

— Qu'est-ce que tu donnes, P'tit Beur ?

— Qu'est-ce que tu veux, David ?

— Je sais pas, moi... Fais une proposition, pour voir ?

— Des galettes bretonnes. Pur beurre, mec, sans charre !

— Un paquet ?

— T'es dingue ? Le tiers !

— Les trois quarts !

— Macache ! Un demi de la moitié !

— M'embrouille pas ! La moitié sinon rien...

— Tu confonds avec le pastaga, David !

— La moitié, c'est mon dernier prix, P'tit Beur !

— Vendu, mec, cochon qui s'en dédit...

La transaction se conclut par l'envol de la copie de Youssef, bientôt rejointe par celle de David. Ni l'un ni l'autre n'ont entendu venir mister Beauchamp ; planté dans la travée, il brandit les feuilles, le sourire carnivore – zéro pointé en vue, galettes coulées.

— Messieurs, si vous souhaitez une orientation vers les filières commerciales, vous pouvez compter sur mon appui au conseil de classe, vous avez des dons certains !

Rires dans la salle. M. Beauchamp ramène le silence d'un claquement de langue péremptoire. David et Youssef piquent du nez sur leur pupitre, les joues en feu. Le professeur repose les copies devant eux.

— Terminez votre travail. Je vous retire d'office vingt pour cent de la note finale, c'est un prix d'ami… À moins que vous ne vouliez marchander ?

— Very funny ! ricane David.

Qui s'étrangle aussitôt – c'est parti tout seul. M. Beauchamp marque le coup, mais n'insiste pas, beau joueur : l'élève s'est exprimé en anglais.

Interclasse.

Une grande cour sépare l'établissement scolaire de David et Nathalie en deux : collège dans un bâtiment, lycée dans un autre.

La cour bourdonne d'activités et de conversations passionnées. Si l'on y échange les informations confidentielles permettant de franchir les niveaux supérieurs du dernier jeu vidéo à la mode (*Kombatronic Kommando,* version pour console portable, une aventure tout en douceur et coups de hache-laser dans les gencives), on y remarque aussi un retour aux bonnes vieilles valeurs sûres, osselets et scoubidous.

Youssef s'est mis à l'écart pour déguster un kilomètre de zan en torsade à trois brins. Il partage avec David, bon prince ; il lui doit bien ça. Un blondinet déluré se joint à eux : Jonathan, fondu de football et compagnon de galère au carnet trimestriel.

David, Jonathan, P'tit Beur : trio infernal. À force de ramer ensemble dans les profondeurs du classement, ça crée des liens.

En tant que membre actif de la trinité des rameurs, Jonathan a droit à une longueur de zan, qu'il se met à mâchonner à l'unisson des deux autres.

— Comment que tu l'as mouché, le prof d'english, David ! glousse le blondinet, les dents noires.

— La ramène pas, Jonat', parce que, comme bon pote, on peut mieux faire ! rétorque David ; tu pouvais pas prévenir qu'il arrivait, le père Bit'champe ?

— T'es marrant, toi ! On aurait pu tirer le canon, vous auriez pas plus entendu !

— C'est de sa faute, à David, dit Youssef ; il me répondait recta, on en parlait plus...

— Si t'étais pas aussi rat, on aurait conclu sans se faire gauler ! proteste David.

— On a rien sans rien, mec, c'est ce que me serine mon père à la boutique...

— Boutique où tu te fournis, P'tit Beur ? susurre David, pris d'une inspiration subite.

Youssef en avale sa réglisse de travers.

— Calmos, j'ai jamais dit ça !

— Non, mais ça nous ouvre des horizons, pas vrai, Jonat' ? ajoute David, soudain sournois.

Le blondinet opine. Il n'a pas tout compris, mais il commence. Youssef verdit : les futures négociations commerciales s'annoncent délicates.

— Z'êtes tordus, les mecs, c'est... C'est du chantage !

— « Blaque-meille » en anglais, fait David, très docte.

— T'es sûr ? dit Jonathan.

— Je l'ai lu dans le programme télé je ne sais plus quand, à propos d'un film au ciné-club...

— Et « sandecastleu », c'est quoi ?

— Un château de sable, facile !

— T'essayerais pas de me foutre dedans, David ?

— Si tu ne me crois pas, demande à ma sœur, elle spique l'english comme une cousine de la quouine !

— Chierie ! J'ai traduit par sandalette, moi, vu que le John avait l'air de marcher dedans...

— Mais non, il écrasait le sable pour tasser, banane !

— Remarque, on peut confondre, les mots se ressemblent...

— Si c'était aussi simple de traduire l'anglais, on serait tous élus à la Chambre des lords, mec !

Les trois se marrent. Le rire de David s'éteint brusquement quand il aperçoit Nathalie plus loin dans la cour ; sa sœur papote avec ses meilleures amies, Isabelle et Josiane.

Une blonde, une brune, une rousse : toute la palette, en cheveux longs, bouclés (la rouquine) et frisés (la brunette). Nat', Zaza et Josy, autre trio, féminin et explosif, les gaillards de la 3$^{e}$6 en savent quelque chose – leurs tibias surtout, quand les mains se font trop baladeuses.

David se rappelle ce que lui a dit sa sœur avant de partir au collège, en parlant de mobiliser les copains et les copines pour faire une enquête… Il s'en souvient d'autant mieux que l'angoisse le reprend ; ça fait comme une crampe douloureuse dans les tripes. Il a brutalement la certitude implacable que son chien court un immense danger.

De mort.

— David… Eh, mec ! Tu te sens bien ?

Youssef dévisage son camarade avec

inquiétude, il en a même cessé de mâcher son zan, c'est dire s'il est remué. Jonathan remarque à son tour la mine décomposée de David.

— Mais il va tomber dans les pommes ! David, tu veux aller à l'infirmerie ?

— C'est la punition de Beauchamp qui te met dans cet état-là ? fait Youssef en écho.

David serre les dents. La souffrance intérieure qui lui mord le ventre remonte et brûle sa bouche, amère.

— Écoutez-moi bien, les mecs, c'est vachement important... Si je vous demandais de me filer un coup de main, comme ça, sans réfléchir, demain samedi et p'têt'même bien dimanche aussi... Pour un truc hyper sérieux... Comme qui dirait une question de vie ou de mort... Vous le feriez ?

Flottement chez Youssef et Jonathan. Ils n'ont jamais vu David parler si gravement.

— Ben... dit Youssef.

— Heu... dit Jonathan.

— Ben heu quoi ? On est potes ou pas ?

Youssef s'intéresse soudain à ses

lacets. Jonathan voudrait bien, mais il porte des mocassins.
— Faut voir, on peut pas s'engager à la légère, David, biaise-t-il ; demain, ça m'arrange pas, je voudrais accompagner mon frangin à l'entraînement, il est sélectionné par les juniors du Racing. Il va être goal, et...
— Tu fais passer le foot avant les amis, Jonathan ?

Youssef vient au secours du blondinet.
— Moi, l'après-midi, je dois aider mon père pour l'inventaire au magasin, et après j'ai un rencard avec Mélanie...
— Tu fais passer les gonzesses avant les amis, Youssef ?

Les prénoms en entier, un ton déterminé – les amis sont impressionnés. Youssef abandonne la contemplation de ses chaussures et regarde Jonathan en coin. Le blondinet lui rend son regard, hésitant.

Aucun des deux ne veut céder le premier. La sonnerie de fin d'interclasse retentit.
— Merci, les copains, je m'en souviendrai !

Réelle détresse dans la voix de David. Youssef y est sensible et se jette à l'eau, main tendue.

— Tope là, mec, j'en suis... Je me démerderai avec le paternel, y'a pas de raisons !

Pour Mélanie, ce sera un peu plus coton, mais ça, il le garde pour lui. Jonathan tend la main à son tour, bien obligé, mais pas mécontent pour autant.

— Banco, David, on reste unis ! T'as raison, les amis, c'est sacré ! Et puis...

Le blondinet attrape les deux autres par le cou. Mêlée fermée, introduction Jonathan.

— ... le répétez à personne, mais mon frangin, comme gardien de but, c'est une vraie passoire !

# Chapitre 3

Morne dîner chez les Montembert. Ambiance pesante, aussi lourde et étouffante que la blanquette de veau à l'ancienne servie à table. Recette du père, sa fierté de cordon-bleu en temps normal, mais complètement ratée ce soir. David chipote sa portion du bout de la fourchette, Nathalie snobe le riz collant, leur mère juge les champignons farineux et le cuistot lui-même trouve à sa viande un goût de carton bouilli.

L'absence de Chiroux se fait aussi cruellement sentir que celle du sel dans la marmite.

— Je suis passé au refuge de la SPA en

revenant de l'atelier, dit Robert Montembert pour briser le silence qui s'épaissit comme la sauce dans les assiettes.

— Alors ? dit sa femme.

— Alors, rien, il n'y est pas... Je suis aussi allé voir Maurin, le vétérinaire, des fois qu'il ait entendu parler d'un accident. Si j'avais eu le temps, j'aurais fait un saut au commissariat...

— Pourquoi ? dit Nathalie.

— Si Chiroux s'était fait renverser par une voiture, la police ne manquerait pas d'être au courant...

— Il est tatoué et il a un collier, papa, on nous aurait déjà téléphoné, non ?

— Pas si...

Robert Montembert se tait et détourne les yeux de sa fille. Inutile de préciser ce qu'un véhicule peut faire d'un chien qui passe sous ses roues, rendant illisibles tatouage et médaille. Nathalie pâlit quand même, comprenant à demi-mot. Sa mère se racle la gorge, embarrassée.

— C'est une bonne idée, le commissariat, Robert, il n'est pas trop tard pour...

— Ça ne servira à rien, Chiroux ne reviendra pas ! tranche David, morose.

Le silence retombe, plus épais encore. La famille se force à manger. Non sans peine : chaque bouchée chuinte comme une botte d'égoutier s'arrachant de la vase d'un collecteur engorgé. Françoise Montembert repose ses couverts en soupirant, les yeux humides.

— J'ai… J'ai sorti sa gamelle près de la niche, au cas où… balbutie-t-elle, désemparée ; à propos, elle n'est pas terrible, ta blanquette, Robert…

— Un malheur n'arrive jamais seul, fait l'interpellé, lugubre.

— C'est gai ! grince Nathalie.

Papa, effondré, qui donne dans l'humour noir, maman déguisée en fontaine prête à jaillir, le petit frère muré dans une rage impuissante – pas très positif, tout cela. Nathalie fait tinter sa fourchette contre son verre pour secouer la tablée éplorée.

— Dites, on se met tous à chialer en chœur ou on pense à faire du constructif ?

Sa mère réagit la première.

— Tu as raison, ma chérie, il ne sert à rien de se morfondre... Il faut agir !
— Ces dames nous montrent la voie, mon fils, ne nous laissons pas abattre ! dit Robert Montembert ; demain, je fais le tour du quartier et j'interroge les voisins, presque tous ont des chiens et...
— Tu vas aussi interroger les chiens, papa ? ricane David.
— Pourquoi pas ? réplique son père sans se démonter ; mais je pense que leurs maîtres auront des choses plus intéressantes à me dire, gros malin ! Je referai une visite au refuge de la SPA, avant d'aller au commissariat, puis...
— Puis tu rentres s'il est déjà seize heures, Robert, le coupe sa femme ; c'est toi qui es de corvée de repassage, cette semaine !
— Mais, Bichette...
— Ne m'appelle pas Bichette, Bébert !
— David me fera un mot d'excuse, je serai en mission pour retrouver son chien...
— Taratata, Robert, je serai absente toute la matinée et au déjeuner, nous nous partagerons donc le travail, il s'agit

de notre chien à tous... Retour à seize heures, j'ai dit !
— Et que fera madame pendant que je bataillerai avec les faux plis de ses corsages ?
— Elle téléphonera un peu partout et fera elle aussi son tour du quartier, monsieur !
— Qu'est-ce qu'on fait, nous ? On passe l'amidon à papa ? ironise David.
— On vérifie les semelles des godasses de randonnée de maman ? renchérit Nathalie
— Vous, vous arrêtez tout de suite votre numéro ! bougonne leur père ; quand vous vous y mettez, vous êtes impossibles !

David et Nathalie s'abîment dans la contemplation de leurs assiettes où la blanquette coagule en grumeaux blanchâtres.

Leurs parents entament alors un charmant duo.
— Tous les deux, pas d'initiatives intempestives, vous m'entendez ? attaque leur mère ; d'abord, je suis sûre que vous avez des devoirs à faire...
— On vérifiera !

— Après, et seulement après, vous pourrez aller voir vos copains et les commerçants du quartier…
— … mais si vous apprenez quelque chose…
— … retour illico à la maison, votre père et moi n'avons pas envie de passer notre week-end à courir après vous qui courez après le chien !

Robert Montembert se penche pardessus la table, prend la main de sa femme et l'embrasse.

— Nous nous complétons à merveille, c'est un plaisir d'élever des enfants avec vous, ma chère épouse !
— Dommage qu'ils aient hérité du caractère de cochon de leur père, mon cher mari !

Le cher mari fait la grimace et change de conversation.

— Eh bien, en parlant de cochon, finissons de dîner…
— C'est du veau, papa, corrige Nathalie ; enfin, ça devrait y ressembler !

Corvée de vaisselle. David et Nathalie s'y collent, c'est leur tour ; le premier lave, la seconde essuie.

Les deux discutent, à mi-voix : les parents sont à portée de confidences, au salon. Papa fait des mots croisés force 7 (III vertical : « S'opposait à l'impérium », en huit lettres), l'aspirine près de la main, et maman bouquine (*Requiem pour une tronçonneuse*, dans la collection « Sang & Tripes »), confortablement allongée sur le canapé.

— Nat', tu te souviens de ta promesse ?

— Je n'ai qu'une parole, frangin, tu en doutes ?
— On ne sait jamais, avec les filles…
— Répète ça et je te fais un shampooing dans l'évier !
David recule imperceptiblement et manque casser un verre. Sa sœur le rattrape, le rince et le torchonne avec vigueur.
— Bon, comment vois-tu la suite des événements ? dit-elle.
— J'ai recruté mes meilleurs potes, Nat', on se retrouve après le déjeuner devant la niche de Chiroux.
— Logique, c'est de là que tout est parti.
— Papa ne sera pas encore rentré…
— … maman non plus…
— … on sera peinards, et si on trouve une piste…
— … on pourra la remonter avant qu'ils ne puissent nous en empêcher !
David sort ses mains de l'eau savonneuse ; Nathalie les lui serre à travers son torchon humide.
— C'est un plaisir de comploter avec vous, ma chère sœur !
— Nous nous complétons à merveille, mon cher frère !

Éclats de rire en tandem.

Dans le salon, Montembert père et mère se regardent, un tantinet ébahis : c'est bien la première fois que faire la vaisselle réjouit à ce point leur progéniture... Mais ils se replongent bientôt dans leurs suspenses respectifs, le IV horizontal (en six lettres : « peut aussi couler à Cadix ! ») pour monsieur, et la tronçonneuse qui a du retard à l'allumage au moment critique (à cinq millimètres de la gorge de la victime) pour madame.

David ôte la bonde et vide l'évier. Nathalie range les derniers verres dans le placard au-dessus de la gazinière.

— Il y a qui, dans ta bande d'agents secrets, David ?

— Jonathan et P'tit Beur, tiens ! À nous trois... à nous quatre avec toi, pardon, on retrouvera Chiroux, c'est du tout cuit !

— On sera plus que ça, frangin...

— Quoi ? Tu comptes vraiment amener des copines ?

— Zaza et Josy... Tu vois qui c'est ?

Piégé, le petit frère – roublarde, la grande sœur, qui sait que son cadet n'est pas insensible au charme de la brune Isabelle.

— On serait six en tout, alors, dit David, songeur.

— L'union fait la force ! récite Nathalie ; P'tit Beur, c'est celui qui bouffe tout le temps ?

— Son vrai nom, c'est Youssef…

Nathalie sourit large.

— Alors, pas de souci à se faire pour le goûter, on ne mourra pas de faim !

Avant de se coucher, Robert Montembert, enchanté par ses talents de cruciverbiste, inscrit POTESTAS en III vertical. La consultation du dictionnaire lui a appris que la ville de Cadix (Andalousie, Espagne – il le savait) est au bord de l'océan (il le savait aussi), mais qu'aucune rivière ou fleuve n'y coule (il l'a découvert). Le mystère du IV horizontal reste entier.

Sa femme abandonne son livre en bâillant, quand le sadique meurtrier découpe sa quatorzième victime au couteau de cuisine électrique en ricanant (sa tronçonneuse est tombée à court de carburant au chapitre précédent).

Nathalie s'endort en se demandant s'il est bien raisonnable de se lancer sur la piste d'hypothétiques voleurs de chiens, et surtout d'impliquer ses meilleures amies dans l'aventure…

Le sommeil fuit David jusque tard dans la nuit. Les cauchemars sont à l'affût.

# Chapitre 4

Quatorze heures tapantes.

Jonathan et Youssef ont débarqué ensemble, Youssef un sac de sport en bandoulière, sa trousse de premiers secours alimentaires. Isabelle n'a pas tardé à les suivre ; David a réussi à ne pas bafouiller ni rougir en lui faisant la bise.

Arrivée la dernière au pavillon des Montembert, la rousse Josiane découvre la niche du disparu avec stupeur.

— Mince de cabane ! s'exclame-t-elle en secouant sa tignasse bouclée ; ton Chiroux, c'est un saint-bernard ?

David hausse les épaules, ne raconte

pas l'exagération pharaonique de la menuiserie paternelle, mais décrit son chien par le menu. Tous et toutes écoutent, et s'en forgent une image la plus précise possible dans leur esprit.

— Mes parents s'occupent de la thèse de l'accident, à nous de prendre en charge celle de l'enlèvement, conclut David avec conviction ; donc, tout a dû commencer ici…

Les visages se ferment, s'efforçant de prendre le masque supposé de la concentration intellectuelle la plus intense. Chacun et chacune s'agitent les neurones en dégustant qui des barquettes à la fraise, qui du roulé génoise noisette-ananas, histoire d'améliorer le dessert du déjeuner.

Le silence qui accompagne cette méditation est d'une qualité rare, à peine troublé par la plainte d'une tondeuse à gazon miaulant dans le lointain.

Au bout d'un moment, Jonathan lève timidement un doigt.

— Heu… On est censé faire quoi, exactement… là maintenant, je veux dire ?

David lève les yeux au ciel. Les filles sont plus indulgentes, et se contentent de regarder ailleurs en se retenant de pouffer. Ne sachant quoi répondre, Youssef reste sur une prudente réserve.

— Jonathan, t'as pas encore compris qu'on est là pour faire un boulot de détectives ? s'impatiente David.

— Eh, faut pas me prendre pour un naze ! Ça, je l'avais pigé... Mais ça fait quoi, au juste, un détective ?

— Moi, je sais ! clame Youssef.

— On t'écoute, P'tit Beur, dit Nathalie qui craint le pire.

— Les détectives, c'est des mecs super-balèzes, ils roulent dans des bagnoles de sport, ils tombent toutes les nanas rien qu'en enlevant leurs lunettes de soleil, ils trimballent des gros flingues brillants et ils te coincent contre le mur en gueulant : « Tes papiers et bouge pas ou j'te plombe, sur la vie d'ta mère ! »

Jonathan ouvre des yeux ronds, David relève les siens en direction des nuages, Josiane se marre franchement – Youssef se vexe.

— Ben quoi, j'ai pas raison ? Mon grand frère Mohammed, il en voit tous les jours, des détectives !

— On ne te parle pas de ceux-là, mais

des policiers qui font les enquêtes et qui chassent les criminels, dit David en s'efforçant de garder son calme.

— Ah bon ? Alors, c'est ceux qui ont un chapeau, qui fument la pipe et qui boivent de la bière en regardant dans le vague... Ils sont chiants, ceux-là, mec !

— C'est quand la dernière fois que tu n'as pas regardé la télé, P'tit Beur ? soupire Isabelle.

— Les détectives, ils trouvent les coupables, dit Josiane ; ils questionnent les concierges, ils scrutent le tapis à la loupe, ils mesurent les mégots de cigarettes et regardent s'il n'y a pas des traces de rouge à lèvres dessus...

— Chiroux ne fume pas ! fait Nathalie.

David fusille sa sœur du regard.

— Au lieu de raconter n'importe quoi, on ferait mieux de chercher des indices dans le jardin...

— Séparons-nous, on gagnera du temps, propose la brune Isabelle avec bon sens.

— On cherche quoi ? dit Jonathan, incorrigible.

— Si on le savait, on chercherait pas ! s'emporte Josiane.

— Ça suffit ! intervient David ; Zaz... Isabelle a raison, on va faire des groupes... Youssef et Josy, vous fouillez la haie du jardin tout autour de la maison, Nat' et Jonathan s'occupent des abords immédiats du portail, le trottoir et la rue, Zaz... Isabelle et moi, on passe la niche de Chiroux au... heu, au...

— Au peigne fin ? suggère sa partenaire ; au fait, tu peux m'appeler Zaza, tu sais...

David rougit furieusement. Émoi de courte durée : Isabelle remet vite les pendules à l'heure.

— Mais garde tes mains à bonne distance de ma jupe si tu ne veux pas prendre mon pied quelque part !

Sur ces paroles définitives, le sextuor se disloque.

La parcelle des Montembert est un rectangle parfait, comme toutes celles qui composent le lotissement. Chaque jardin est séparé de son mitoyen par une haie de troènes plus ou moins touffue, selon la verdeur de la main de leur propriétaire respectif.

Les parents de David et Nathalie n'étant ni l'un ni l'autre des foudres de jardinage, c'est une véritable jungle en miniature que Youssef et Josiane explorent. Mètre par mètre, courbés, à quatre pattes, rampant parfois, ils font le tour du rectangle sans laisser un arbuste qui n'ait été malaxé, secoué, inspecté des racines aux branches faîtières.

Ils trouvent : une douzaine de balles de ping-pong crevées, autant de balles de tennis pourries, des coquilles d'escargot vides de tout locataire, une vieille pantoufle sur laquelle Chiroux se faisait manifestement les crocs, un emballage de merguez datant du dernier barbecue des Montembert, un magazine de midinette jauni, détrempé, datant du temps où Nathalie croyait encore à ces stupidités sur papier glacé, et un plein seau de chewing-gums usagés.

Franc succès pour la voirie familiale, échec cuisant du point de vue de l'enquête.

Youssef remâche son amertume et une ultime barre de céréales chocolatées. Josiane se venge sur une madeleine et se demande en passant ce que Proust (Marcel, 1871-1922) pouvait bien trouver à ces gâteaux bourratifs.

Sur la rue, la moisson n'est guère plus brillante. Nathalie et Jonathan se sont esquintés les yeux sur la chaussée, le caniveau, le bitume du trottoir, en vain : trop de circulation et de promeneurs sont passés par là pour que subsiste une quelconque empreinte révélatrice, pneu ou soulier. Rien à signaler à propos du portail : ses lattes de bois ne portent aucune trace de lutte féroce, comme en laisserait un chien griffant désespérément tout ce qui est à sa portée tandis qu'on le traîne de force vers un funeste destin.

Nathalie regarde tristement les maisons avoisinantes : en semaine, tout le monde travaille, dans le quartier, pendant que les enfants sont à l'école ; s'il s'est passé du louche devant chez les voisins, seul un miracle pourrait produire un témoin oculaire.

Jonathan, lui, a recueilli une poignée de gravier bizarre. Les grains noirâtres lui sont familiers, il en jurerait, mais sans savoir pourquoi.

Autour de la niche de Chiroux, Isabelle a scruté de son mieux, un œil sur les indices éventuels, un autre sur

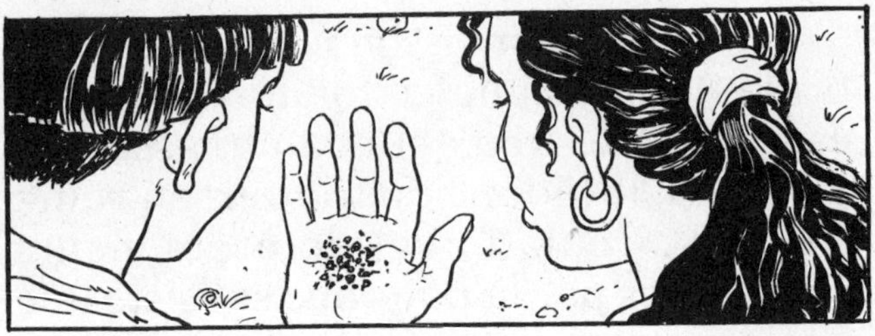

le plissé de sa jupe au cas où. Vaine précaution : David songe autant à regarder dessous qu'à s'engager dans la marine ; à l'intérieur de la niche, il est tout à ses recherches, la rage au cœur. Plus le temps passe, plus il est certain que son chien est en péril, cela tourne à l'obsession.

Alors, la petite culotte de Zaza, hein…

— David !

Le garçon se redresse vivement. Un peu trop : il se cogne la tête sous le toit de la niche. Elle a beau être de dimensions respectables, il n'y tient pas debout.

— Ça va pas de crier comme ça, Isa… Zaza ?

— Viens voir, au lieu de râler…

En se massant le sommet du crâne, David rejoint Isabelle à l'arrière de la niche. La boiserie est en piteux état,

lacérée et déchiquetée par de longues griffures régulières.
— C'est ça, ce que tu veux me montrer ? Chiroux fait ses griffes là-contre, il n'a pas le droit ailleurs, grogne David, déçu.
— Je m'en suis doutée, vois-tu ! Mais j'ai trouvé ça dans l'herbe...

Ça, c'est du gravier bizarre, que la brunette fait rouler au creux de sa paume.
— Et alors ? demande David, intrigué, mais complètement dépassé par la trouvaille.
— Alors, je me demande ce que c'est, je n'en vois nulle part dans ton jardin, répond Isabelle avec un sérieux qui trouble son compagnon ; on devait chercher des indices, non ? Moi, je dis qu'en voilà !
— Fais voir...

Les grains noirâtres roulent à présent dans la main de David. Ils crissent comme quand on mange des palourdes mal lavées.
— Tiens, vous en avez trouvé, vous aussi ?

Jonathan et Nathalie ont rallié la niche, précédant de peu Josiane et

Youssef. Tous font cercle autour de David qui a réuni la totalité du gravier dans ses mains en coupe.

— Je sais ce que c'est, j'en suis sûr, si seulement je pouvais me rappeler ! glapit le blondinet.

— C'est là que ton chien se faisait... pardon ! se fait les griffes ? dit Josiane ; oui ? Alors, ça lui nettoie les pattes, c'est normal, et tout ce qu'il a de coincé dans les coussinets tombe dans l'herbe, derrière sa niche.

— Ce n'est pas le problème, grommelle David ; le problème, c'est que ce gravier ne vient pas du jardin... La preuve ? Jonat' en a trouvé sur le trottoir !

— Ouais, t'as raison à douze mille pour cent, mec, parce que ce machin, y en a pas non plus sous la haie, c'est que de la terre et des cailloux bêtes ! clame Youssef, ravi de transformer la stérilité de ses recherches en point positif pour la menée de l'enquête.

Josiane confirme sans mot dire. Jonathan continue de trépigner en se torturant les méninges. Nathalie a réfléchi de son côté entre-temps.

— Si je comprends bien, il nous faut trouver d'où vient ce gravier pour savoir où allait traîner Chiroux, c'est ça ?
— Oui, Nat', dit son frère ; avec un peu de chance, Chiroux se balade souvent quelque part où on trouve de ce gravier, et c'est là-bas qu'il s'est fait enlever…

Silence sur le groupe. Tous méditent ce qui vient d'être dit, en omettant de rappeler que rien ne prouve que le chien des Montembert ait réellement été kidnappé. Tous, sauf David, qui reste le seul à en être convaincu – à 12 000 % comme dit Youssef, une pointure en matière de pourcentage.

— C'est plutôt maigre comme indice, murmure Nathalie qui connaît ses classiques.
— C'est pas du bronze, mais si quelqu'un a mieux à proposer, je suis preneur ! grogne son frère ; je sens qu'on tient le bon bout, moi…
— C'est peut-être une coïncidence, dit Isabelle ; n'importe lequel de vos voisins pourrait en ramener avec ses baskets en faisant son jogging mati…

Jonathan bondit sur ses jambes.

— Heu… rêka ! s'écrie-t-il ; c'est bien rêka qu'on doit dire quand on a trouvé ?

— Je ne sais pas, tu demanderas à Archie Mède, c'est lui qui a inventé la formule ! ironise Josiane ; qu'est-ce que tu as donc trouvé ?

— Le gravier ! Je me rappelle pourquoi y me semblait bien que j'en avais déjà vu…

— Abrège !

— C'est les baskets ! Ce gravier, on en trouve à la pelle sur le stade, c'est un mélange de truc spécial qu'ils mettent sur les pistes de course à pied.

— Tu crois ? fait Nathalie, incrédule.

— Je veux ! Mon frangin en ramène des wagons sous ses pompes quand il revient de l'entraînement ! À propos, je vous ai dit qu'il allait être goal chez…

— … les juniors du Racing et que c'est une vraie passoire, on sait ! complète Youssef ; t'es sûr de ton coup, mec ?

— Sur la tête de qui tu veux, P'tit Beur !

Un pâle sourire revient sur les lèvres de David, un peu de rose sur ses joues. Une fragile lueur d'espoir desserre l'étau d'angoisse qui lui broie l'âme.

Il fait face à ses troupes, le moral remontant en flèche.

— Direction, le stade ! Des objections ?

Aucune. Filles et garçons opinent en chœur. Sans le savoir, leur chef a su leur insuffler de sa conviction. Et puis, ils sont venus pour enquêter, pas pour abandonner à la première difficulté rencontrée.

Ils quittent le jardin des Montembert en bon ordre.

— Quand même, le stade, ça fait une trotte, fait remarquer Youssef.

— On va prendre le bus, P'tit Beur, à moins que tu n'aies ton permis de conduire ? plaisante Nathalie.

Youssef ouvre de grands yeux étonnés. Offusqués, presque.

— C'te connerie... J'ai même pas de bagnole !

# Chapitre 5

Le stade.

Jonathan a mis dans le mille, c'est bel et bien là qu'ils trouvent du gravier en veux-tu en voilà, sur la piste de course à pied ceinturant le terrain de football.

Sauf qu'il y a un hic : l'enceinte du stade est clôturée par un solide grillage, n'y entre pas qui veut – surtout des chiens en vadrouille qui prendraient les bacs à sable des aires de saut pour des crottoirs.

— On aurait dû y penser avant… soupire Isabelle.

— Mais j'y ai pensé ! proteste David ; si Chiroux s'est mis du gravier de la piste

plein les pattes, c'est qu'il a trouvé un passage dans la clôture, non ?
— Bien vu, mec ! assure Youssef ; on le cherche aussi ?
— Quoi donc ? demande Jonathan.
— Le passage, ahuri ! lui répond Josiane ; t'es sympa et plutôt joli garçon, Jonathan, mais t'as pas inventé la machine à trouer le gruyère !
— Eh ! Oh ! Tu me parles autrement, la Rouille ! Sans ma pomme, t'aurais trouvé d'où venait le gravier, toi ?

Bonne fille, Josiane convient que non. Youssef ramène la paix dans les esprits en proposant une tournée de zan, puis tous rassemblent leurs souvenirs relatifs à la disposition des lieux tout autour du stade.

— La baraque des vestiaires, c'est pas compliqué, c'est qu'un mur tout du long, macache pour passer, ou alors ton chien, il sait manier le marteau-piqueur ! déclare Youssef.
— Pareil pour les tribunes, dit Jonathan ; ça se voit d'ici…
— Reste les petits côtés, derrière les buts du terrain de foot, dit Josiane ; on commence par lequel ?

— Celui sous le tableau d'affichage, c'est pas la peine, le grillage monte très haut et dessous il n'y a que du béton, murmure Isabelle.

— Comment tu sais ça, toi ? s'étonne Nathalie.

La blonde croit savoir que l'endroit est connu pour accueillir des rendez-vous amoureux les soirs de match. C'est ce que prétend une rumeur au collège, en tout cas. La brune frisée rougit jusqu'aux oreilles – elle, elle ne croit pas savoir : elle sait.

— Là-bas, c'est les sautoirs ? dit David, indifférent à tout ce qui est sans rapport avec la recherche de son chien.

— Ouais, et après la clôture c'est le terrain vague, dit Jonathan ; on dirait bien que c'est le coin idéal... Enfin, moi, je vois les choses comme ça !

Les six apprentis détectives se mettent en marche. Ils longent la moitié du stade, depuis les guichets. L'arrêt de bus est pile devant.

Le terrain vague annoncé par Jonathan est un reliquat du chantier des installations sportives, les architectes ayant dépassé le devis initial. Reste donc une bande de terre d'à peu près un hectare, intercalée entre le stade et le mur d'une grande propriété autrefois ferme d'élevage bovin ; la friche vient buter contre un petit bois.

En file indienne, garçons et filles alternés quittent le trottoir au coin du stade et s'engagent dans les herbes folles qui poussent dru au pied de la clôture.

Une pétarade aiguë déchire soudain le silence.

Une moto de cross surgit au milieu du terrain vague, comme jaillissant du sol, effet d'optique et de perspective, avant d'être à nouveau masquée par le relief. Elle s'éloigne ; le bruit de son moteur décroît. Elle réapparaît à l'orée du petit bois, pilote arc-bouté sur ses cale-pieds. La machine semble glisser sur le paysage ondulant.

— Chouette bécane ! apprécie Jonathan, qui rêve parfois de faire le Paris-Dakar au guidon d'une 600 $cm^3$.

Josiane aussi, mais au volant d'un camion, quinze tonnes turbocompressées fendant le désert dans un nuage de sable doré. Elle en parle peu, les copines partageant sa passion sont rares, et la plupart des copains mâles ont du mal à imaginer une nénette piloter autre chose qu'un Caddie entre les rayons du supermarché.

— Les imbéciles !

— Tu dis, Josy ? fait Nathalie.

— Non, rien, des pensées personnelles. Elle est toute seule, la chouette bécane ?

— On dirait, dit David ; tant mieux, on sera tranquilles…

Les adeptes du tout-terrain motorisé à deux roues investissent régulièrement les lieux, avec la bénédiction de la municipalité qui préfère les voir labourer les ornières de la friche plutôt que les massifs fleuris des parcs publics.

Les enquêteurs progressent à la queue leu leu le long de la clôture, attentifs à la moindre anomalie susceptible de rompre la continuité du grillage.

— Il faut trouver par où est entré Chiroux, maugrée David qui marche en tête.

— Et si on trouve pas ? s'inquiète Youssef.

— Si on ne trouve pas, on sera dans la m… On n'aura pas de pot, si tu préfères !

Ils trouvent.

Une dizaine de mètres plus loin. Comme un agrandissement du stade est toujours possible, la clôture n'a pas été scellée dans un muret de ciment, mais simplement enterrée sur la profondeur d'une main à peine – pas assez profond pour qu'un chien ou tout autre animal fouisseur et curieux ne puisse creuser dessous.

Le trou fait comme un tunnel en miniature débouchant loin des regards dans un coin retiré des sautoirs, et ouvert près d'un buisson touffu côté terrain vague. Le nombre de crottes constellant les abords du terrier à double entrée suffit à indiquer que la gent canine l'utilise sans se priver.

— C'est là, dit David.

— On a trouvé, c'est champion ! se réjouit Youssef ; Starsky et Hutch, comparés à nous, c'est des rigolos !

— On se sépare pour fouiller le terrain vague, reprend David ; par équipe de deux, on en verra pas le bout...

— Remarque, par équipe de un, ça reste un sacré turbin ! rigole (un peu jaune) Isabelle.

Nathalie désigne un gros bouquet d'arbres planté au centre de la friche.

— Je propose qu'on prenne chacun une direction, dit-elle ; on ratisse large, en mouvement tournant, et on se retrouve là-bas, O.K. ?

La troupe s'égaille parmi les monticules et les buissons, l'œil aux aguets. Jonathan aurait bien demandé ce qu'il fallait chercher cette fois, mais a deviné que sa question serait mal reçue ; très inquiet de rater quelque chose d'important, il scrute avec d'autant plus d'ardeur. Tous visibles au début, les membres de l'équipée disparaissent à la vue les uns des autres au gré des accidents du terrain.

Jonathan, David et Josiane sont les premiers à faire jonction au bosquet ; leurs mines en disent long sur le résultat de leurs investigations. Nathalie est en approche lente par tribord, le nez au ras du sol, Isabelle penchée de même à quelques encablures de sa camarade.

Déboulant de nulle part, la moto rugissante les frôle et les fait sursauter. Poignée dans le coin, couché sur son guidon, le pilote poursuit sa route, soit qu'il n'ait rien vu, soit qu'il s'en moque. Jonathan pencherait assez pour la deuxième solution.

— Pourquoi ? questionne Josiane.

— C'est le fils Cotteret, répond le blondinet ; des casques intégrals comme le sien, y en a pas deux !

— Des casques intégraux, corrige distraitement Josiane ; et alors ?

— Cotteret, c'est pas le genre à s'excuser de te marcher sur les pieds ! explique Jonathan ; mais t'as vu sa bécane ? Elle est toute neuve...

— Et alors bis ? fait Josiane.
— Ben, je me demande où il a trouvé le fric… Il fout rien, il est au chômage, et faut pas compter sur lui pour potasser les petites annonces en se rongeant les ongles !
Josiane ferait bien « Et alors, ter ? ! », mais opte pour un autre argument.
— On la lui a peut-être prêtée, la bécane…
— À lui ? Faudrait être marteau ! Cotteret, il zone avec une bande de types raides cinglés de moto, mais chez eux,

on prête pas son engin, même à son meilleur pote !

— T'es bien renseigné, dis donc, s'étonne David.

— Le Cotteret, il était en classe avec mon frangin, avant de se faire virer... Cotteret, pas mon frangin, hein ?

— On avait compris !

— Chez moi, dès qu'on fait une connerie, mon père nous dit toujours qu'on finira comme le fils Cotteret et sa bande de voyous, alors vous pensez si je le connais ! Il lui arrive de revoir mon frère, pour jouer au foot... C'est pas une lumière, mais il dribble comme un dieu !

Jonathan termine son discours comme Isabelle et Nathalie rallient le bosquet, les reins sciés et le goût amer de l'échec à la bouche.

— Et quel est le rapport entre le fils Cotteret et la disparition de Chiroux ? dit David.

— Hein ? Heu... Aucun, pourquoi ? bafouille Jonathan.

David se retient d'étrangler le blondinet. Sa sœur regarde autour d'elle et s'étonne.

— Où est P'tit Beur ?

# Chapitre 6

L'excitation de l'aventure fait place à un vilain sentiment de galère. Youssef est plus qu'invisible : il ne répond même pas aux appels de ses camarades.

— Il ne s'est quand même pas perdu ! s'exclame Isabelle.

— Non, mais il a pu tomber dans un trou et se casser la jambe, dit Jonathan sans mesurer la portée de ses paroles.

— On l'entendrait hurler, alors ! proteste Josiane.

— Et s'il est dans les pommes ? renchérit le blondinet.

Nathalie ne dit rien et s'abîme les yeux à balayer le paysage en tous sens. Son frère n'en mène pas plus large, mais retrouve un peu de lucidité.

— Qui l'a vu pour la dernière fois ?

— Attends... réfléchit la rousse ; il était sur ma gauche, avant qu'on se disperse ; il aurait donc dû effectuer son virage au niveau du tas de détritus qu'on aperçoit là-bas...

David s'est déjà mis à courir vers les immondices désignées. Tous le suivent dans la foulée. Jonathan remarque que la moto du fils Cotteret longe une nouvelle fois l'orée du petit bois – et disparaît comme par enchantement, à croire qu'il a engagé sa machine sous les arbres ou carrément dans le mur de la propriété, difficile de juger vu la distance.

Ils retrouvent Youssef de l'autre côté du tas d'ordures, couché dans l'herbe.

— Mais il dort, l'animal ! rugit Josiane.

Tellement bien que ses amis n'arrivent pas à le réveiller. Il ne semble pourtant pas blessé, respire à peu près normalement ; tout juste paraît-il plus pâle que d'ordinaire.

— Il dort comme il bouffe, lui... sans faire le détail ! constate Isabelle.

— Ce n'est pas normal, dit Nathalie, soucieuse.

Elle s'agenouille auprès de l'endormi et lui administre une splendide paire de claques. Pour expéditif qu'il soit, le traitement est efficace : Youssef bat des paupières, grogne, tousse, et revient lentement à la réalité du monde.

— Ça sent bizarre, vous ne trouvez pas ? dit Jonathan.

Personne ne l'écoute, tous sont occupés à remettre Youssef debout.

Jonathan renifle, le nez froncé : l'odeur est fade, un peu sucrée ; elle lui parvient en bouffées discrètes qui tranchent avec les senteurs lourdes du tas d'ordures. Comme par association d'idées, une tache blanche attire son regard : cette blancheur est incongrue parmi le verdâtre marronnasse des détritus.

— P'tit Beur… Ça va ?

Soutenu par David, Youssef flageole sur ses jambes, l'œil vitreux, sans parvenir à aligner deux mots intelligibles. Nathalie poursuit sa thérapie de choc en le secouant comme un prunier.

— Y a pas, t'as la manière, assure

Josiane ; mais vas-y mollo quand même, j'ai l'impression qu'il va vomir !

— P'tit Beur, tu m'entends ? reprend David ; tu sors des vapes ou faut appeler le Samu ?

Les yeux de Youssef reprennent une couleur rassurante, mais louchent sur un point situé derrière ses amis. Sa bouche articule à vide, puis gargouille un méchant grommelo.

— ... nathan, mec... touche pas... pue et... tu roup... illes... gaffe...

La phrase hachée est ponctuée par le bruit mou d'un corps qui tombe. Tous se retournent et découvrent Jonathan étalé par terre, pâlot et les narines pincées. Josiane dévisage Youssef avec inquiétude.

— En plus, il est contagieux !

Pas tant que ça : le blondinet ne s'est pas endormi, il est déjà debout, un peu vacillant. Le groupe se ressoude autour de lui. Youssef va mieux, il se fouille à la recherche de quelque chose à grignoter – un signe qui ne trompe pas.

— C'est... C'est ça que t'as... que t'as respiré, P'tit Beur ? dit Jonathan d'une voix mal assurée.

— Comment t'as deviné ?
— C'est pas que ça pue, mais ça saoule !

Tous regardent la tache blanche que montre Jonathan. C'est une sorte de pansement cotonneux chiffonné, de la taille d'une couche-culotte de nouveau-né.

— Touchez-y pas ou alors bouchez-vous le nez ! prévient le blondinet ; c'est humide et tout froid, comme de l'éther...

— Et pour faire pioncer, c'est champion ! confirme Youssef.

— Du chloroforme, murmure David, ébahi par la révélation.

— Cloroquoi ? fait Isabelle.

— Un truc pour endormir, c'est toujours ce qu'on utilise pour kidnapper les riches héritières, tu sais pas ça ?

— Je connais très peu de riches héritières et encore moins de kidnappeurs, tu m'excuseras ! se vexe la brune.

— Y a pas longtemps qu'on s'en est servi, constate Nathalie ; parce que, si c'est comme de l'éther, ça doit s'évaporer vachement vite, non ?

— Ça marcherait sur les chiens ? s'étonne Josiane.

— Faut croire, puisque c'est là ! s'énerve

David ; on serait près d'un hosto, je dirais pas, mais… Mais la thèse du rapt de Chiroux vient de se confirmer, non ?

— D'accord, d'accord, on a tapé dans le mille ! intervient sa sœur ; le gravier à la niche, ce tampon soporifique…

— … et cet emballage de croquettes pour chiens ! annonce Jonathan, pointant un doigt accusateur sur le tas d'ordures.

La boucle est bouclée, la première partie de l'enquête terminée : les animaux vadrouilleurs sillonnent le terrain vague, des affreux les attirent avec les croquettes et les endorment au moyen du coton imbibé de chloroforme – c'est limpide.

— Ouais, et après ? dit Youssef.

— Ben… Ils les embarquent ailleurs ? suggère Isabelle.

— Ouais toujours ! Mais c'est où, ailleurs ?

Jonathan proposerait bien « autre part », mais ça va être mal pris, ça aussi. Les autres n'ont pas de réponse. David décrit un large mouvement dans l'espace avec son bras.

— Réfléchissons ! Nous sommes dans un cercle à quatre côtés, heu…

— Géométriquement, ça ne tient pas debout !
— Ça va, Nat' ! Quatre possibilités, donc... Vous venez d'endormir un chien pour l'enlever, vous le fourrez sans doute dans un sac...
— Logique !
— Ne m'interromps pas, P'tit Beur ! Avec votre sac, vous ne pouvez pas aller vers le stade, c'est risqué, ni vers le bois, il n'y a rien par là... Restent la rue et la plus proche baraque... La rue si vous êtes venu en bagnole, et la baraque si c'est vous qui y habitez...

Toute la bande tourne la tête vers le mur qui barre le terrain vague. Jonathan se gratte le crâne.
— Tu veux dire... là ?

Le mur de l'ancienne ferme d'élevage de bétail n'est pas très haut, mais lisse, difficile à escalader. Son faîte est hérissé de tessons de bouteille destinés à décourager les voleurs (et les curieux).

David fait face à ses amis, en vrai chef.
— Le plus léger ou la plus légère se dévoue, on lui fait la courte échelle...

Isabelle se coince la jupe entre les

genoux – pas compter sur elle, on lui a déjà fait le coup. Youssef joint ses mains en étrier, doigts croisés, résigné d'avance : sa corpulence lui interdit de jouer les guetteurs. Nathalie et Josiane pas très chaudes pour pointer leurs minois à ras les éclats de verre, Jonathan l'emporte au poids sur David.

Youssef s'adosse au mur, bien calé contre ; David et les filles viennent renforcer le dispositif. Jonathan leur jette un dernier regard circonspect.

— Assurez la base, hein ?

— T'occupe, et grimpe ! rétorque David.

Jonathan grimpe.

De l'autre côté du mur, une vue plongeante sur une vaste cour intérieure s'offre à l'acrobate. Elle est encombrée de véhicules divers, voitures, camionnettes, remorques ; l'ancienne ferme a été transformée en garage par son nouveau propriétaire. En casse automobile, plutôt : les carrosseries sont en piteux état et rouillent sur place ; une presse hydraulique montée sur châssis occupe le centre de la cour.

Avec précaution, Jonathan pose ses mains sur le faîte du mur, entre deux morceaux de verre tranchants. Il se hausse sur la pointe des pieds pour mieux voir. Sous lui, Youssef geint, mais ne plie point.

— Qu'est-ce que tu vois, mec ? Je fatigue !

— Ben…

Les étables à vaches sont devenues des remises où s'amoncellent des épaves, et des ateliers de réparation dont les portes coulissantes sont cadenassées. Une voiture (une qui roule) est garée devant ce qui constitue aujourd'hui les bureaux du garage. Jonathan remarque aussi une construction flambant neuve, un bâtiment bas et complètement clos, à côté duquel stationne un petit camion jaune sale.

— Dis donc, toi, là-haut !

Jonathan sursaute et manque retomber en vrac sur ses camarades porteurs.

Sorti d'on ne sait où, un gros homme en bleu de chauffe et coiffé d'une casquette crasseuse est venu se camper près de la presse hydraulique. L'œil mauvais, il fixe la tête du blondinet dépassant du sommet du mur.

— C'est une propriété privée, ici, morveux ! Tu te crois tout permis ?
— Je regardais juste, m'sieur, balbutie Jonathan.
— Va regarder ailleurs ! Tu...
Le gros homme est interrompu par une pétarade arrivant des profondeurs de la cour. La moto de cross apparaît et vient s'arrêter en dérapage devant la presse. Le motard coupe son moteur et commence à enlever son casque intégral.
Sans hésiter, Jonathan se laisse tomber dans l'herbe – pas la peine que le fils Cotteret le reconnaisse.
— C'est ça, décampe, sale gosse !
— Qui c'est ? demande Josiane.
— T'occupe ! réplique Jonathan ; barrons-nous, des fois qu'il ait envie de faire le tour pour venir voir !

La troupe reflue en direction du stade. En chemin, Jonathan raconte tout ce qu'il a vu, la ferme transformée en casse automobile, la ferraille accumulée dans la cour, le gros homme vindicatif et l'arrivée du motard.

— Le fils Cotteret connaît le patron, si c'est bien le patron le mec à la casquette, conclut le blondinet.

— Tu as vu des chiens ? dit David, fébrile.

— Pas la queue d'un, mais c'est pas la place qui manque pour en planquer !

— On n'accuse pas les gens sans preuves ! proteste Nathalie ; ce patron est peut-être un grossier personnage, mais…

— Faut aller voir de plus près, c'est suspect ! la coupe son frère.

— Maintenant ? Vous avez vu l'heure ? s'inquiète Youssef ; faut que je rentre, moi !

— Nous aussi, P'tit Beur, dit Josiane.

— On laisse tomber, alors ? gémit David.

— Pour aujourd'hui, oui ! tranche sa sœur.

— Demain…

— Quoi, demain ? ! On… On vient visiter ce garage en douce, c'est ça ton idée ?

— Un garage, ça bosse pas le dimanche, fait David, matois.

Flottement parmi la troupe. Indécision. Seul David conserve une détermination inébranlable.

— Écoutez, on réfléchit chacun de son côté et on s'appelle ce soir. Nos parents auront peut-être du nouveau, sinon...

— Sinon ?

— On avisera !

— Moi, je vais me renseigner sur le fils Cotteret, annonce Jonathan ; cette bécane neuve, c'est louche... S'il trafique avec les chiens, il doit se faire du pognon, pas vrai ?

— Bien vu ! dit David, ravi de voir le blondinet partager ses soupçons ; alors, on fait comme on a dit, on s'appelle ?

Confirmation par quatre hochements de tête. Quatre seulement : Nathalie ne va pas téléphoner à son propre frère.

# Chapitre 7

Menu du samedi soir : salade mélangée, plateau de fromages et pain de campagne aux noix.

Robert Montembert a débouché une bouteille de beaujolais, tant pour le plaisir des papilles que pour noyer les tristes nouvelles dont il retarde l'annonce à sa famille. Questionnés sur leurs propres recherches, David et Nathalie se sont bornés à dire qu'elles n'avaient rien donné.

— Et toi, chérie, tes visites ?

— Chou blanc sur toute la ligne ! Au fait, Robert, la voiture fait un drôle de bruit quand j'accélère à fond…

— N'accélère pas à fond, dans ce cas !

— Idiot ! Il faudra penser à la faire

contrôler au plus vite, je ne veux pas tomber en panne…

— Mais elle sort de révision !

— Eh bien, elle a été mal révisée ! Ce n'est pas le moment de fondre le joint de culasse ou de couler une…

— Une bielle ! Couler une bielle, c'est ça ! s'exclame Montembert père, tout joyeux.

— Je te demande pardon ?

— Voilà ce qui peut aussi couler à Cadix, une bielle… la bielle de Cadix ! Celle qui a des essieux de velours !

Françoise Montembert toise son mari par-dessus ses lunettes : ne serait-ce pas lui qui serait en train de se couler quelque chose dans le cerveau ? David et Nathalie regardent leur père, interloqués. Ce dernier rougit et toussote.

— C'est une définition de mots croisés… Une définition tordue, si vous voulez mon avis !

— On préférerait que tu nous dises ce que tu as appris aujourd'hui, papa, dit David, un rien agressif.

— Si tu as appris quelque chose, bien entendu ! ajoute Nathalie, à peine plus aimable.

Leur mère fait les gros yeux. Son mari boit une gorgée de beaujolais avant de se lancer, pas fier.

— Rien de nouveau à la SPA, mais j'ai téléphoné au fichier central des tatouages, des fois qu'ils aient égaré nos coordonnées... Ce n'est pas le cas, et ils m'ont dit que je n'étais pas le premier à m'inquiéter de la sorte, ce qu'on m'a hélas confirmé au commissariat !

Nouvelle gorgée de vin. Goût saumâtre. C'est pourtant une honnête cuvée.

— Des... Des chiens ont disparu en quantité anormale depuis un mois, et des chats aussi... Une véritable épidémie de disparitions dans toute la région !

— Chiroux n'a pas été enlevé, hein ? ricane David.

Son père ne fait pas de commentaire et remplit de nouveau son verre, sous l'œil réprobateur de madame.

— Nous ne pouvons plus écarter cette possibilité, oui...

— Cesse de tourner autour du pot, Robert, que t'a dit exactement la police ? Et doucement sur la bouteille !

— Vous savez qu'il y a eu un scandale

à propos du trafic d'animaux de laboratoire, il n'y a pas si longtemps ?

— Oui, papa, c'était même dans les journaux et à la télé, dit David ; c'est pour ça que je...

— Les policiers ont pensé comme toi ! le coupe son père ; je vous passe les détails, toujours est-il que leur enquête s'est orientée sur un petit laboratoire récemment implanté dans la zone industrielle, la maison Fronaz, spécialisée en recherche pharmaceutique et cosmétologique...

— Cosmé-quoi ?

— Les parfums et les produits de beauté, David, on les teste sur des animaux, comme les médicaments... La police a perquisitionné dans les locaux de la Fronaz, sans rien trouver de suspect : toutes les bêtes servant aux expériences étaient sa possession légale et semblaient bien traitées...

— Tu parles ! grogne David.

— Disons qu'elles étaient aussi bien traitées qu'on peut l'être en pareilles circonstances... L'enquête se poursuit dans d'autres directions, et j'ai porté plainte, je ne pouvais rien faire de plus, mes enfants, vous le comprenez ?

Nathalie se tait. David mord rageusement dans son pain, le visage fermé, farouche.

— Nous ne pouvons qu'attendre, David, dit doucement son père ; attendre et espérer...

Sa mère débarrasse le plateau de fromages et pose le dessert sur la table. La tarte aux pommes caramélisées est appétissante, mais a quelque chose d'obscène, soudain. Personne ne se battra pour avoir la plus grosse part, ce soir, c'est visible – et de toute façon inutile : Mme Montembert sait découper *tous* les gâteaux en portions rigoureusement égales.

— Je ne vous force pas, mais ce n'est pas en jeûnant que nous retrouverons notre Chiroux...

Un silence pénible suit sa déclaration. Silence rompu par la sonnerie du téléphone dans le vestibule.

David a failli bondir ; Nathalie l'a retenu discrètement en lui touchant la cheville sous la table. Leur père se lève et va répondre. Revient bientôt et s'adresse à son fils.

— C'est pour toi, ton copain Jonathan…

Sans un mot, David quitte la cuisine sous les yeux intrigués de ses parents. Ils se reportent sur Nathalie, qui se trouble, incapable de les soutenir.

— Nathalie…

— Papa ?

— Qu'est-ce que vous complotez, tous les deux ?

— Mais… rien, papa !

— C'est très vilain de mentir, Nathalie !

— Je ne mens pas, maman !

Le retour de son frère épargne à Nathalie un interrogatoire qui s'annonçait délicat. David a totalement changé d'humeur : il est rayonnant, une flamme déterminée brûle dans ses prunelles ; il se rassoit comme on s'installe aux commandes d'un char d'assaut, prêt à affronter le monde entier.

— Papa, puis-je passer quelques rapides appels téléphoniques à des amis, s'il te plaît ?

Robert et Françoise restent bouche bée : la politesse extrême chez un fils turbulent est toujours annonciatrice de catastrophe de magnitude 350 sur l'échelle parentale.

— Tu es ici chez toi, David, tu peux téléphoner quand et à qui tu veux, tant que ce n'est pas pendant deux heures au Japon ! dit son père ; est-ce trop te demander à quoi rime tout ceci ?

— Des trucs pour l'école, papa, Jonathan devait m'appeler et moi, je répercute aux copains... Et tu avais raison, se faire du mauvais sang ne sert à rien, nous devons attendre et espérer.

— Ravi de te l'entendre dire, murmure Montembert père, de plus en plus estomaqué.

— Mmmmm, cette tarte a l'air divine, maman, je crois que je vais me régaler !

Montembert mère sert son fils, aussi éberluée que son mari. Nathalie fixe son frère avec admiration. Elle l'a déjà vu mentir, mais là, c'est du grand art. S'il veut devenir comédien, la carrière lui sourira à pleines dents.

Comme celles qu'il plante dans sa part de tarte.

— Qu'est-ce qu'il a raconté, le blondinet ?

Le dessert expédié (il n'en est pas resté une miette), David a entraîné sa sœur dans sa chambre.

À moitié rassurés, les parents ont renoncé à en savoir plus et se sont rabattus au salon, qui à ses mots croisés retors en terminant la bouteille de beaujolais, qui à sa tronçonneuse gourmande, un verre de liqueur à la main.

— Jonathan s'est renseigné sur le fils Cotteret, et tu sais quoi ? dit David, maîtrisant à grand-peine son excitation ; il a trouvé du boulot dans la zone industrielle...

— Tu veux dire au labo Fro-chose ? Frodaz ? Frobaz ?

— Fronaz ! Le fils Cotteret y est coursier depuis un mois... Depuis que les chiens et les chats disparaissent en quantité anormale !

— Attends, tu vas trop vite...

— Pas assez, Nat' ! On les tient, je te dis ! Cotteret est complice avec le patron de la casse, ils kidnappent les animaux et les revendent en douce au laboratoire, c'est clair comme de l'eau de roche !

— Il faudrait en parler aux parents, non ?

David secoue la tête, négatif.
— Pour leur dire quoi ? Leur raconter le chloroforme, les croquettes, le garage ? Tu penses qu'ils vont nous croire !
— Ben...
— Et les flics ? Ils sont déjà allés au labo, pour des prunes, ils vont nous envoyer sur les roses ! Et s'ils se pointent à la casse, ils vont sonner avant d'entrer... Tu parles que le gros va faire fissa pour planquer les chiens, s'il en a de cachés chez lui !
— Tu as peut-être raison, mais...
— On change rien, Nat', fais-moi confiance ! Je vais téléphoner à tous pour organiser le rendez-vous de demain...

Nathalie n'est pas complètement convaincue – David plus que jamais déterminé.
— Pas de panique, on va la jouer discrétos, on fouille le garage pas vu pas pris je t'embrouille ! Dès qu'on trouve des preuves, on rameute la police, les parents et la cavalerie, promis juré, Nat' !
— Des preuves comment ?

— Je ne sais pas… Mais j'ai ma petite idée pour les ramener sans se fatiguer, dit David, mystérieux ; tu préfères appeler tes copines toi-même ?

— Oui… Si tu tombes sur la mère d'Isabelle, elle va croire que sa fille est enceinte !

David hausse les épaules et précède sa sœur dans le vestibule du pavillon. Au salon, les parents tournent à peine la tête à leur passage tant ils sont absorbés.

*Bielle* colle à merveille, mais Robert Montembert bute à présent sur le deuxième du IX horizontal.

— « À six et de Moscou, il a de l'hygiène », dit-il à voix haute ; c'est stupide ! S'ils sont six, le mot ne peut être qu'au pluriel, et il finit par « e »… C'est encore une définition tordue, ça !

— Combien de lettres ? demande sa femme sans lever le nez de son livre.

— Cinq, avec ce fichu « e » final !

— C'est « frère ».

— « Frère » ? Tu as raison… Mais je ne comprends pas !

— Six de Moscou, c'est six Russes. Six Russes, c'est six Slaves. Si s'lavent, c'est qu'ils s'nettoient… Et si c'n'est toi, c'est donc ton « frère » !

La bouche en O, le cruciverbiste stupéfait contemple son épouse. Celle-ci délaisse sa lecture, regarde son mari et hoche la tête avec commisération.

— Elle n'est pas neuve celle-là, Robert, mon grand-père la racontait déjà au sien pour le faire rire !

# Chapitre 8

Ils sont tous là, à la descente de l'autobus devant le stade. Filles et garçons se sont habillés sport pour être à l'aise, survêtement et baskets aux pieds. Youssef est le seul pourvu d'un sac, dont le contenu est facile à deviner. Jonathan exhibe fièrement un ballon de foot dans son filet.

— On n'est pas venus pour s'amuser, Jonat', dit Josiane.

— T'as rien compris, c'est le prétexte en or, ça !

— Le prétexte ?

— En cas de grabuge, on le balance dans la cour et on chique à ceux qui viennent

rechercher leur ballon… T'aurais pas trouvé ça toute seule, hein, la Rouille ?
— Redis-le et je te le fais bouffer, ton prétexte en or, tête de meule ! se rebiffe la rousse Josiane.
— On dit pas tête de mule ? fait le blondinet aux cheveux couleur de paille, décontenancé.
— Pas quand on est bête à manger du foin !

La brune Isabelle ramène le calme en montrant une grosse torche électrique.
— Je me suis dit que ça pourrait servir…

Nathalie est un peu mortifiée, elle qui n'a pensé à rien, mais partage tout de même un peu du succès de la trouvaille de son frère : David a emporté l'appareil photo à développement instantané de ses parents.
— Des indices révélateurs, et flash ! c'est dans la boîte pour la police, explique-t-il, pas peu fier.
— Mec, c'est champion ! assure Youssef.
— Il est chargé, au moins ? s'enquiert Isabelle, pratique.
— Pellicule neuve ! réplique sobrement David.

— Et tu sais t'en servir ? dit Jonathan.
— À question stupide, pas de réponse ! rétorque Nathalie ; bon, on bouge ou on prend racine ?

Ils bougent, direction le terrain vague.

Qu'ils trouvent envahi par une meute de deux-roues : mobylettes trafiquées, scooters améliorés et motos de diverses cylindrées rivalisent d'adresse sur les bosses de la friche. La vue de tout ce beau monde ne réjouit pas David.

— Pour ce qu'on veut faire, c'est parfait, au contraire, objecte sa sœur ; on va passer inaperçus, ça s'appelle se fondre dans la masse !

— Nathalie a raison, mais faudrait quand même se séparer pour traverser le terrain sans trop attirer l'attention, propose Jonathan ; il faut qu'on trouve une entrée par derrière, c'est de là que venait le fils Cotteret, hier...

— D'accord, on se rejoint à la lisière du bois, dit David.

Avec Youssef, lui et sa sœur longent le grillage du stade, tandis que Jonathan et les deux autres filles passent plus au large, faisant de leur mieux pour éviter les bolides qui surgissent sans prévenir.

L'endroit où ils opèrent leur jonction est plus calme, peu fréquenté par les as de la voltige car le relief y est moins accidenté, et les arbres tout proches forment un rempart contre lequel il ne ferait pas bon s'écraser. Là, David prend la tête et pique droit sur l'ancienne ferme.

La perspective est trompeuse : en fait, le mur d'enceinte tourne à angle droit une dizaine de mètres avant la fin du

terrain vague, laissant un chemin de terre parallèle au petit bois. Une trace de roue y a creusé une belle ornière rectiligne.

— La bécane du Cotteret, décrète Jonathan.

La trace s'arrête un peu plus loin, devant un pan de mur écroulé. L'ouverture est bouchée par une palissade mobile faite de vieilles planches assemblées ; une chaîne est tendue en

travers, fermée par un cadenas solide. Mais, en écartant les planches à leur base, on peut ménager un espace suffisant pour qu'un petit gabarit puisse s'y faufiler.

— Jonat', c'est pour toi, dit David.

— Je l'aurais parié !

— Tu es monté sur le mur hier, tu connais les lieux, alors tu passes le premier ! On te rejoint si tout va bien...

Le blondinet céderait volontiers le privilège d'être éclaireur, mais se rend à la justesse des arguments de David. Pas rancunier, il confie son ballon à Josiane et se glisse sous les planches.

Il débouche dans la cour et se cache immédiatement derrière une épave de tracteur agricole. La presse hydraulique constitue un point de repère idéal. Jonathan s'oriente, scrute la cour dans ses moindres détails : rien de changé par rapport à la veille, sauf que le petit camion jaune sale a fait demi-tour et est aujourd'hui garé à cul devant le bâtiment neuf, dont les portes sont ouvertes, béantes.

— Alors ? chuchote David derrière la palissade.

— Personne à l'horizon... Pouvez venir !

Un par un, tous passent sous les planches (ça coince un peu aux entournures pour Youssef) et rejoignent le blondinet à l'abri du tracteur.

Six paires d'yeux inquisiteurs épinglent le petit camion jaune sale. Sondent les profondeurs obscures du hangar, où rien ne paraît bouger ni se faire entendre.

— Qu'est-ce qu'on... commence Nathalie.

— Gaffe ! jette Youssef.

Le gros homme à casquette vient de sortir du bâtiment neuf et se dirige vers eux.

Des croissants.

L'idée s'est imposée à Robert Montembert comme il quittait la tiédeur du lit conjugal après une copieuse grasse matinée. La tête sous l'oreiller, sa femme a déclaré que l'idée était bonne et qu'il prépare donc café, thé et chocolat pour toute la famille et ne vienne qu'ensuite la sortir du lit. Elle avait failli ajouter qu'il en profite pour faire courir le chien, mais s'était ravisée à temps. Non sans amertume.

Son mari a gagné la boulangerie du quartier en petites foulées. Il en est revenu de même, c'est excellent pour la santé et les croissants restent chauds – rien de tel que des croissants chauds pour entretenir le moral des enfants ; l'embellie d'hier soir ne sera que passagère, il le craint.

Ce n'est qu'une fois la table du petit déjeuner tardif dressée que Robert Montembert s'est aperçu que les principaux intéressés manquaient à l'appel.

— Ils auraient pu prévenir, les petits poisons !

— Qu'est-ce que tu dis, Robert ?

— Les enfants sont sortis !

— Et alors ? C'est dimanche...

— Je sais, mais quand même... Huit croissants à nous deux, ça va faire beaucoup !

Le gros homme à casquette s'est arrêté à hauteur de la cabine du camion jaune. Derrière leur tracteur, six poitrines laissent échapper autant de soupirs de soulagement.

Portière ouverte, le patron de la casse fourrage un instant dans la cabine, avant d'en ressortir et de repartir comme il est venu, tenant quelque chose dans sa main.

David se mord les lèvres.

— Une laisse... Un collier et une laisse !

— Prends une photo, mec ! s'excite Youssef.

— Il est trop loin... Et pour la discrétion, tu repasseras, P'tit Beur !

Le gros homme a disparu à l'intérieur du hangar. Nathalie donne un coup de coude dans les côtes de son frère.

— Qu'est-ce qu'on fait ?

— On y va !

— On y va où ? dit Jonathan.

— Tu changes pas, toi ! glousse Josiane.

— Taisez-vous ! ordonne David ; vous voyez la carcasse de bagnole, là-bas ? On va se cacher derrière, l'un après l'autre, ensuite on progresse jusqu'à la bétaillère qui est devant et puis on gagne le camion jaune... Après, on verra !

David quitte le couvert du tracteur et court, plié en deux. Nathalie le suit, Youssef sur ses talons. Josiane rend son ballon à Jonathan avant de s'élancer à son tour, devançant Isabelle. Le blondinet est le dernier à venir s'accroupir derrière l'épave de voiture. Tous répètent la manœuvre pour se regrouper à la bétaillère.

Même chose pour atteindre l'avant du petit camion jaune. Ils aperçoivent alors la moto béquillée près du hangar, casque intégral bien reconnaissable trônant sur la selle.

— Le fils Cotteret est là, constate sans joie Jonathan.

— Qu'est-ce qu'on fait ? répète Nathalie.

— On entre dans la baraque ? dit Youssef sur le ton de celui qui meurt d'envie d'être contredit.

David ne le contredit pas. Il grimpe sur le marchepied du camion et regarde dans la cabine. Un carton ouvert est posé sur la banquette. Un carton rempli de laisses et de colliers. La haine mord le cœur de David.

Les dents serrées, il redescend du marchepied et se dirige vers l'arrière du véhicule, en se collant contre la carrosserie. Il s'arrête avant d'être à découvert, risque un œil et découvre le patron de la casse et le fils Cotteret qui arrivent depuis le fond du hangar, poussant devant eux une grande cage montée sur roulettes.

Une forme indistincte est prostrée derrière les barreaux.

David se rejette en arrière. Il repousse ses camarades vers l'avant du camion, index pressé sur les lèvres intimant le silence absolu.

La cage est roulée dans le camion ; les amortisseurs s'affaissent en grinçant. Les six aventuriers entendent des bruits sourds à l'intérieur, roulettes qui frottent, bottes qui raclent, ahanements rauques des hommes à la peine, puis Cotteret et le patron de la casse redescendent du véhicule.

Le gros homme se dirige vers les bureaux. Le motard, qui allait retourner dans le hangar, s'étonne.

— Et le dernier, Marcel ?

— Il attendra ! Faut qu'on téléphone d'abord...

— Magne ! J'en ai ma claque de ces voyages, moi !

Furtif, David risque de nouveau un œil à l'arrière du camion, juste à temps pour voir le couple tourner le coin du bâtiment neuf. Il se retourne vers ses camarades.

— Vite !

En quelques bonds, il est dans le hangar. Tous les autres le suivent sans réfléchir, mais pas trop sûrs de bien faire. D'instinct, ils refluent vers le fond du bâtiment, le plus loin possible de l'entrée. L'endroit est éclairé par des lucarnes dispersées dans la toiture et par le jour venant des portes. Ils s'habituent à la pénombre. Une odeur âcre s'impose à eux. Isabelle fronce les narines.

— Ça pue la pisse ou c'est moi qui rêve ?

— Tu ne rêves pas, Zaza, répond Nathalie d'une voix étranglée ; ça sent la pisse de chien...

Elle montre le mur qui leur fait face, entièrement divisé par des boxes alignés côte à côte et séparés par des murets de Fibrociment. Tous vides.

Sauf un.

David étouffe un cri et se précipite. Il s'agenouille devant une cage à roulettes où un chien paraît dormir, vautré plus que couché à même les croisillons de métal.

— Ce n'est pas Chiroux !

C'est un berger allemand costaud, qui doit peser son poids de muscles et d'os. Il respire faiblement, en saccades irrégulières, la truffe sèche.

— Il roupille pas, il est dans le coltar, dit Youssef.

— C'est lui, le dernier... murmure Josiane.

— Le... Mais alors, il doit y en avoir d'autres dans le camion ! s'écrie David en fonçant vers la sortie.

— David ! Une photo, c'est le moment !

Nathalie a parlé trop tard : son frère est déjà dehors. Il saute dans le camion, négligeant le plan incliné servant à rouler les cages dedans.

L'intérieur a été aménagé pour leur transport, une fois arrimées aux parois avec des sangles à cliquet. Toutes les cages rangées dans le camion contiennent un chien endormi ; deux d'entre elles sont pleines de paniers en osier où végètent des chats maladifs, dormant du même sommeil artificiel. Un espace vide à l'arrière attend le berger allemand.

Ses camarades ont rejoint David dans le camion.

— Tu es fou, on va se faire coincer là-dedans ! s'affole sa sœur.

David n'écoute rien ni personne, et braque son Polaroïd, cadrant au plus large. Flash. La photo s'éjecte sous l'objectif de l'appareil.

— Merde !

— Qu'est-ce qu'il y a, P'tit Beur ?

— Le patron et Cotteret reviennent, je les entends !

— Coincés ! soupire Nathalie, fataliste.

— On peut se cacher là ! réplique son frère.

Les cages n'ont pas été collées au fond du camion, contre la paroi séparant la caisse de la cabine : il reste un espace réduit, sombre, où ils pourraient se pelotonner à trois de chaque côté.

— On a l'air malin ! râle Jonathan, qui n'a pas lâché son ballon.

— Tu vas le trimballer encore longtemps, ton prétexte en or ? se force à plaisanter Josiane pour tromper sa panique.

— Suffit, vous deux ! commande David ;

les voilà… Dès qu'ils ont chargé la dernière cage, on se tire !

Cela ne se passe pas exactement comme prévu : le patron de la casse et le fils Cotteret roulent bien la cage du berger allemand dans le camion, la sanglent à sa place sans voir les intrus, mais, une fois leur travail accompli, ils referment les portes.

À clé.

— On n'a pas l'air malin, on a l'air con ! gémit Jonathan.

# Chapitre 9

Lumière.

Isabelle vient d'allumer sa lampe électrique. Les piles sont neuves : le faisceau brille d'un éclat blanc-bleu intense et fait une tache bien ronde au plafond du camion. Elle se réfléchit en une clarté fantomatique ; les barreaux des cages marquent leurs ombres en toile d'araignée.

Sensation d'être des mouches prises au piège.

Les six aventuriers roulent depuis un temps qu'ils sont incapables d'évaluer avec précision. Personne n'a songé à regarder sa montre quand le camion s'est ébranlé pour une destination inconnue. Une secousse qui a fait crier les amortisseurs leur a seulement indiqué qu'ils sortaient de l'enceinte de la casse.

Dans la cabine, le fils Cotteret a branché l'autoradio, et sifflote, accompagnant la musique. Marcel, le patron, conduit mal : les passagers clandestins sont brinquebalés comme des sacs à patates dans une carriole à roues carrées.

— Alors frangin, comment vois-tu la suite des opérations ? soupire Nathalie.

David n'en mène pas large, tout en

étant secrètement ravi : le danger de leur situation mis à part, il est persuadé qu'ils roulent vers la clé de l'énigme.

Il brandit la photo Polaroïd qui a eu le temps de se révéler. Le cliché est réussi, net et bien exposé.

— Avec ça, et là où on va, c'est dans la poche !

— Parce que tu sais où ils nous emmènent, mec ? dit Youssef.

— Chez Fronaz, pardi ! assène David avec l'assurance de ceux qui savent ; la police n'a rien trouvé de suspect au laboratoire parce que les animaux compromettants étaient planqués à la casse... Maintenant, ils les ramènent !

— Nous n'avons pas vu ton chien au garage ni dans le camion, dit Josiane d'une toute petite voix.

— Tu as entendu le fils Cotteret, tout à l'heure ? Il parlait de plusieurs voyages, Chiroux a dû faire partie des premiers, nous le trouverons au labo...

En lui-même, David s'en persuade. Les images vues à la télévision hantent son esprit. Des images qui le glacent d'horreur, rétrospectivement. Si ses camarades ruminent les mêmes angoisses, ils ne le montrent pas.

David prend la torche des mains d'Isabelle et la braque vers l'arrière du camion, éclairant les portes closes.

— Tu as une idée, Mac Gyver ? ironise pauvrement la brune.

David fait la grimace et éteint la lampe.

— Économisons les piles, on ne peut rien faire pour le moment. On sortira quand ils descendront les cages, ils commenceront par celles qui sont le plus près des portes…

— Mais s'ils commencent par celles du fond ? s'inquiète Youssef.

— Jonathan dira qu'il cherche son ballon !

Le blondinet n'a pas le courage de répliquer à la rousse. Son ballon, il se l'est calé dans le dos en guise de coussin, pour amortir les cahots du véhicule.

— Bon, ben, c'est pas une raison pour se laisser mourir de faim ! reprend Youssef en fouillant dans son sac ; on pourrait pas rallumer ?

— Nous te faisons confiance pour

trouver ta bouche dans le noir, P'tit Beur ! rigole Nathalie.

Paquets de biscuits et tablettes de chocolat circulent donc dans l'obscurité et sont partagés au jugé. La collation improvisée a des allures de dernier repas avant l'assaut.

Un coup de frein brutal secoue le camion. Tous s'aplatissent contre la paroi de la cabine. Youssef avale de travers et se met à tousser comme un perdu.

Le camion a stoppé. Garçons et filles se figent.

— Qu'est-ce que c'est que ce bruit ? chuchote Isabelle.

Une sorte de claquement régulier cliquette dans le noir. Un peu comme des castagnettes.

— C'est... C'est mes dents ! balbutie Jonathan.

Le moteur se coupe. Dans le silence qui suit, tous entendent une portière s'ouvrir.

— Robert...

— Hon ?

— Je commence à me faire du souci...

Un arrosoir à la main, Françoise Montembert se tient au seuil du garage où son mari en salopette est penché sous le capot du break familial. Plus doué pour les mots croisés que pour la mécanique, il examine son moteur sans y croire, afin de se donner bonne conscience – la voiture finira chez son garagiste, comme d'habitude.

— Quelle heure est-il ?

— Bientôt midi, Robert, et les enfants ne sont pas revenus... Où sont-ils donc passés ? Je n'aime pas ça !

Robert Montembert se redresse et s'essuie lentement les mains avec un chiffon, perplexe.

Lui non plus n'aime pas ça.

— Je vais faire un tour dans le quartier, finit-il par dire.

Le camion est reparti.

Les passagers clandestins ont entendu le patron râler contre le fils Cotteret, comme quoi il aurait pu prendre ses précautions avant, et le motard de rétorquer qu'il voulait profiter du seul bureau de tabac ouvert jusqu'à treize heures le dimanche dans les environs, Dieu sait quand ils finiront le boulot à la boîte – le gros Marcel a mis fin à la discussion en remettant le contact.

— J'ai envie, moi aussi… geint Youssef.

— D'acheter des cigarettes ? s'étonne Jonathan.

— Charrie pas, mec !

— Retiens-toi, P'tit Beur, grogne Isabelle.

— Facile à dire !

— La boîte, c'est le laboratoire ? demande Josiane, toujours sur le qui-vive.

Une violente embardée empêche quiconque de lui répondre. Tous sont bousculés, jetés les uns sur les autres. Nathalie manque hurler de douleur quand Youssef lui écrase la jambe.

— S'cuze'moi, Nat'…

— Tu pèses une tonne, P'tit Beur !

Une nouvelle secousse ébranle le camion, qui semble ensuite retrouver une surface de roulement plus adaptée à ses amortisseurs fatigués. Un sifflet de locomotive se fait entendre au-dehors, lointain et déformé.

— Deux bosses… Passage à niveau ! dit Jonathan.

La pesanteur les colle soudain tous contre la paroi de la cabine. Au volant, le patron rétrograde en faisant grincer ses vitesses.

— Et on descend, non ? dit Isabelle.

— Y a qu'un endroit en ville où la rue est en pente après la voie ferrée, dit Youssef ; vous savez ce que ça signifie ?

— Oui, P'tit Beur, ça veut dire qu'on va bien vers la zone industrielle, au laboratoire Fronaz ! exulte David ; alors, qui c'est qu'avait raison ?

— À ta place, je ne suis pas sûre que je serais contente d'avoir raison... fait sourdement sa sœur.

Le camion entame une succession de virages en épingle à cheveux qui donne un début de nausée aux passagers clandestins. Les chiens prostrés se mettent à glisser d'un bord à l'autre de leur cage, sans se réveiller. Un matou miaule dans son sommeil, plaintif, griffant mollement le couvercle de son panier.

— Je ne sais pas ce qu'ils leur donnent, mais c'est champion, point de vue ronflette ! déclare Youssef, admiratif.

Retour à l'horizontale. La zone industrielle est située dans un vallon. La descente sinueuse, après le passage à niveau, conforte David dans ses convictions – et sa sœur dans ses inquiétudes.

Quelques minutes plus tard, le camion ralentit et klaxonne par deux fois avant de marquer un arrêt. Pas longtemps. Il repart et tressaute sur un obstacle, deux fois aussi : une pour le train avant, une pour l'arrière.

— Ça y est, on arrive, dit David ; on vient de pénétrer sur le parking du laboratoire...

— Je vous préviens, j'allume ! lance soudain Isabelle.

Ses camarades clignent des yeux, aveuglés par le retour de la lumière.

— T'es folle ou quoi ? siffle David, rageur.

— Regarde plutôt...

La brunette éclaire le plancher de la caisse. Le faisceau de sa lampe révèle des emballages de gâteaux et des morceaux de papier d'aluminium, souvenirs des tablettes de chocolat dépiautées à tâtons. Des morceaux bien brillants. Immanquables. Isabelle se frappe la tempe de l'index.

— Y en a là-dedans, pas vrai ?

Tous en conviennent de bonne grâce et font le ménage. Le sac de Youssef devient poubelle.

— Fermez les yeux quand les portes s'ouvriront, dit Nathalie ; pour vous réhabituer à la lumière, vous pigez ?

Ravie de son sens de l'à-propos, elle secoue sa tête blonde – il y en a là-dedans aussi.

Le camion s'arrête de nouveau. À l'extérieur, un fracas métallique retentit, comme une tôle ondulée agitée pour imiter le tonnerre. Marcel repasse en première ; le véhicule avance. Le son du moteur se met à résonner différemment.

— Rideau de fer… On est *dans* quelque part, maintenant, souffle Jonathan.

— La ferme ! disent David/Youssef/Isabelle/Josiane/Nathalie.

Le fracas bisse son tonnerre : le rideau de fer a été refermé. Le camion s'arrête. Point mort. Frein à main. Le moteur cesse de tourner avec un petit hoquet. Les portières de la cabine s'ouvrent. La voix du fils Cotteret retentit, avec beaucoup d'écho.

— Pas fâché d'en avoir terminé, les gars !

À l'arrière du camion, les six passagers clandestins se font tout petits dans leurs encoignures : les choses sérieuses commencent. Tous ferment les yeux, sauf Youssef, distrait – et surpris quand les portes s'ouvrent en grand.

Du métal racle par terre et vient cogner contre la carrosserie. À l'oreille, David devine qu'il s'agit d'une rampe inclinée comme celle utilisée à la casse, mais en plus solide. Elle est arrimée au pare-chocs. Des semelles cloutées la font vibrer.

Un pas lourd ébranle la caisse du camion.

# Chapitre 10

Le pas lourd ne dépasse pas la dernière cage à avoir été chargée, celle du berger allemand.

Les six aventuriers respirent plus librement.

Une voix qu'ils n'ont pas encore entendue prend la parole, sèche et cassante, sur un ton de commandement.

— Les clébards au sous-sol, les greffiers à l'étage, rien de changé... Exécution !

— Bien, chef, fait la voix du patron de la casse ; amenez les chariots, vous autres, on commence par ces deux-là...

— C'est quoi, les greffiers ? ne peut s'empêcher de murmurer Jonathan.

— Mais tu vas te taire ! souffle David (seul cette fois) entre ses dents.

Glissements des cages qu'on traîne et roule en bas de la rampe. Le fils Cotteret fait une plaisanterie sur le poids des ânes morts – la voix sèche le rabroue aussitôt. Le roulement bruyant des cages s'éloigne, résonnant comme dans une caverne, le pas des hommes martelé en parallèle.

Les échos meurent. Le silence.

— Maintenant ou jamais ! lance David.

Six ombres furtives jaillissent hors du camion en s'efforçant de faire le moins de bruit possible, pour se retrouver dans un vaste garage sans fenêtres. Le sigle FRONAZ est peint au pochoir sur les murs ; des néons brillent au plafond, dispensant une lumière crue sans contraste. Trois camionnettes bâchées sont garées en épi sur la gauche ; en face, délimités par des bandes jaunes, des emplacements de stationnement vacants. Le petit camion est arrêté à proximité d'une porte battante à double vantail, marron foncé. Une autre porte de couleur orange vif, genre issue de secours, est visible un peu plus loin.

Sinon, partout, la grisaille uniforme du béton brut de décoffrage. Pas trente-six endroits où se dissimuler.

— Derrière les bagnoles, les mecs ! dit Youssef.

— Merci pour les nanas ! râle Josiane en détalant vers la plus proche camionnette.

Les deux Montembert vont se cacher derrière la suivante, en compagnie d'Isabelle et de Jonathan. Son sac à provisions coincé sous le bras, Youssef choisit la troisième, seul, et s'accroupit près de l'aile avant.

Cinq personnages repassent bientôt la double porte marron.

Le gros Marcel et le fils Cotteret d'abord, pas de surprise, suivis par deux hommes patibulaires en combinaison grise poussant devant eux des chariots à roues caoutchoutées. Fermant la marche, un petit barbu habillé d'une blouse blanche exhorte les quatre autres à ne pas traîner. C'est lui, le chef à la voix sèche et cassante ; il a la tête qui va avec son ton autoritaire.

Nathalie songe que parfois son frère a eu la même attitude en menant leur

expédition, mais se garde bien de le lui dire. Youssef sent que ce n'est pas le moment de réclamer une photo des voleurs de chiens pris en flagrant délit, et que c'est dommage : le cliché vaudrait son pesant de preuves à la barre du tribunal.

Les cinq hommes font un nouveau voyage, une cage sur chaque chariot roulant. Profitant de l'absence de l'ennemi, Josiane et Youssef rejoignent leurs amis.

— Les greffiers, ce sont les chats, Jonat', dit la rousse.
— Ce n'est pas le moment de donner des leçons d'argot ! proteste Nathalie ; on en a assez vu, il faut trouver le moyen de sortir d'ici...
— Tu connais la maison, toi ? grogne son frère.
— Je n'ai pas demandé à y venir, tu permets !
— Tu es de mauvaise foi, Nat', tu...
— Stop, les Montembert ! intervient

Isabelle ; votre numéro est au point, mais ce n'est pas le moment non plus !

— Moi, je ne connais pas la bicoque, mais ça, ça doit donner dans un escalier de service, dit Youssef en montrant la porte orange.

— Tu penses que ça peut aussi donner sur l'extérieur, P'tit Beur ? se réjouit Jonathan.

David ne peut retenir un mouvement de révolte.

— Mais...

— Pas un mot de plus, David ! coupe Josiane ; écoute ta sœur, on a vu ce qu'il fallait voir, pas la peine de tenter le diable...

— Si tu veux, prends une photo du camion les portes ouvertes, dit Nathalie, conciliante.

— Mais après, on s'en va ! conclut Isabelle.

Youssef et Jonathan ne se mêlent pas au débat, trop contents de laisser les filles prendre l'initiative de sonner la retraite des troupes. David cède et pointe le Polaroïd sur le camion.

Pourvu que le flash porte assez loin pour bien illuminer l'intérieur de la caisse et les cages encore à bord. En décadrant un peu, il accroche même le sigle FRONAZ écrit sur le mur le long duquel est garé le véhicule.

Son doigt se pose sur le déclencheur comme les cinq hommes surgissent de la porte battante.

— Alors ?

Dans la cuisine, Robert Montembert se laisse tomber sur une chaise en secouant la tête, le visage un peu crispé.

— Alors rien !

Il a arpenté leur quartier aux quatre points cardinaux, interrogé les voisins – résultat néant.

— Pas vu les enfants nulle part ! Ils vont me faire tourner en bourrique... Je suis sûr qu'ils nous mijotaient un coup à leur façon, les petits salopiauds !

Sa femme coupe le feu sous la casserole où réchauffait une fricassée de poulet basquaise. Elle ôte son tablier, se rince les mains sous le robinet de l'évier et les essuie avec un torchon. Énergiquement.

— On y retourne tous les deux, Robert ! Ça ne me...

La sonnerie du téléphone l'interrompt. Son mari va répondre et revient peu après, de plus en plus crispé.

— C'était les parents de Jonathan...

— Le petit blond ?

— Oui... Ils voulaient savoir si leur petit blond ne traînait pas avec nos gamins...

Les yeux de Françoise Montembert virent à l'orage.

— Robert, c'est un complot !

Le téléphone sonne derechef dans le vestibule. Le père et la mère s'entre-regardent.

Les parents de qui, cette fois ?

David a replongé à l'abri de la camionnette.

À neuf dixièmes de seconde près, il déclenchait son appareil avec cinq modèles involontaires dans le champ de prise de vue. Le flash plus le bruit de l'éjection de la photo, les six détectives amateurs n'auraient plus eu de souci à se faire quant à la suite du programme.

Les hommes ne s'attardent pas et refont un voyage, les deux cages contenant les paniers en osier sur leurs chariots. La porte battante à peine refermée, David oublie les prouesses photographiques et galope vers ce que Youssef suppose être l'accès à un escalier de service.

Tous le suivent, au pas de gymnastique.

Youssef ne s'est pas trompé, la porte orange donne sur un escalier étroit en colimaçon à section carrée. Béton brut là aussi. Peu éclairé : seule une ampoule de faible voltage luit dans un globe mural à chaque palier.

Monter ou descendre. Douloureuse alternative.

— Les greffiers à l'étage, cite Josiane ; et ce sont les paniers à chats que les affreux viennent d'emmener...

— La Rouille a raison, si on monte, on va tomber dessus ! appuie Jonathan.

— Alors on descend ! décide David.

Les « clébards » au sous-sol – il s'en souvient très bien.

Garçons et filles dévalent l'escalier de service, souples et silencieux sur leurs baskets. Ils descendent l'équivalent d'un étage, leur semble-t-il, et arrivent devant une autre porte, verte celle-là. L'escalier ne va pas plus bas ; il se termine par un renfoncement poussiéreux et sombre, dont l'angle le plus noir revient sous les dernières marches.

— Crotte ! gémit Jonathan.

— Pourquoi ? s'étonne Isabelle ; il n'y a pas de serrure, on...

— C'est pas ça... J'ai oublié mon ballon dans le camion ! avoue le blondinet.

— Bravo ! s'énerve Josiane ; s'ils le trouvent, ils vont se douter de quelque chose...

— Pas sûr, dit David sans trop y croire ; de toute façon, il est trop tard pour aller le rechercher !

Il ouvre la porte verte.

Elle donne au milieu d'un long couloir noyé de pénombre, silencieux et désert. Une odeur pharmaceutique persistante y flotte. Des appliques lumineuses signalant l'itinéraire d'évacuation d'urgence brillent à chaque extrémité et se reflètent sur le sol carrelé.

Le couloir distribue une série de portes identiques peintes en bleu clair ; seul un numéro inscrit dessus les différencie.

David va pousser celle qui lui fait face.

Fermée à clé. La suivante également. La numéro 7 se laisse ouvrir sans difficulté.

Bravement, David s'avance dans une pièce obscure qui sent le fauve et le désinfectant. Il y fait très chaud. Un bourdonnement étrange bruit en sourdine dans le noir.

— Ta lampe, Zaza...

La brunette lui tend la torche, allumée. David braque le faisceau devant lui et pénètre plus avant dans la pièce. Le rond de lumière troue l'obscurité, frappe le carrelage brillant d'une paillasse de laborantin surchargée d'instruments divers, puis vient épingler une cage grillagée.

Dedans, un chat siamois scalpé fixe David de ses yeux fous.

# Chapitre 11

Pétrifié, David.

La torche d'Isabelle pend au bout de son bras ballant, n'éclairant plus que ses chaussures.

Le reste de la bande de détectives amateurs s'est faufilé à sa suite dans la pièce. Pratique et prudente, Nathalie referme la porte derrière eux ; tâtonnant près du chambranle, elle trouve un interrupteur.

— Attention les yeux, je vais allumer…

Des barres de néons pendues au plafond clignotent et s'illuminent, révélant un étrange décor.

La pièce est toute blanche. Trois côtés

sont occupés par des paillasses de faïence semblables à celle qui trône au centre, couvertes elles aussi d'instruments de laboratoire, cornues, tubes à essais, microscopes, scanners, becs Bunsen, flacons de produits chimiques multicolores, gaze et coton dans des bocaux stériles ; pinces, écarteurs et scalpels nickelés sont soigneusement rangés sur des linges aseptisés, dans des armoires vitrées. Le quatrième côté accueille un immense congélateur de type buffet ; c'est lui qui bourdonne.

Et des cages.

Des cages partout. Sur les paillasses, empilées sur des tables roulantes, posées à même le sol. La plupart vides. Celles qui ne le sont pas emprisonnent chacune un chat ou une chatte.

Douze yeux s'écarquillent, six bouches s'arrondissent – autant de cœurs se serrent.

— Putain… Je le crois pas ! s'étrangle Youssef.

Pour une fois, Jonathan ne trouve aucune question oiseuse à formuler : la vue des animaux parle d'elle-même.

Le siamois affolé se presse contre le

grillage de sa cage. Ses pattes sont dépourvues de griffes : elles ont été sectionnées au plus près des coussinets. Un boîtier d'électrodes a été implanté dans son crâne rasé ; un cathéter est posé sur sa jugulaire. Il miaule et crache sans parvenir à émettre un son audible.

David réalise qu'on lui a coupé les cordes vocales.

Tous ses compagnons de captivité sont pareillement équipés. Pareillement martyrisés.

— C'est dégueulasse ! gronde Josiane.

— Tout ça pour tester de l'aspirine et du vernis à ongles, c'est pas possible ! balbutie Isabelle.

— Tu parles ! jette David, la voix rauque ; la maison Fronaz doit faire des expériences d'une tout autre nature !

— Mais pourquoi ils les... ils les... hoquette Youssef.

— Ils ne veulent pas se faire griffer ni entendre miauler leurs victimes quand ils les torturent, les salauds !

— C'est monstrueux... murmure Nathalie, penchée sur une cage.

Le gros chat tigré qui gît à l'intérieur a une oreille coupée au ras de la tête. L'oreille droite. La plaie a été grossièrement recousue. Il n'est pas le seul dans la pièce.

— Ils font ça pour faire disparaître les tatouages !

Jonathan est allé ouvrir le congélateur : il est rempli de cadavres de chats raidis par le gel.

— Au moins, ceux-là ont fini de souffrir...

— Chiroux ! hurle soudain David.

Un tremblement nerveux l'agite de la tête aux pieds. Il cramponne le bras de sa sœur avec désespoir.

— Il faut le trouver, Nat' !

— Je sais, David, s'il n'est pas trop tard...

— Tais-toi !

Des images abominables se mettent à danser dans l'esprit des détectives désorientés. L'aventure n'est plus un jeu : elle tourne au cauchemar.

— Y a un truc que je ne pige pas, dit alors Youssef ; le barbu avait dit de mettre les greffiers à l'étage, nous sommes au sous-sol et c'est bourré de chats...

— On comprendra plus tard, cherchons les chiens ! s'exclame David.

Ils sortent de la pièce blanche après avoir éteint la lumière. Isabelle a jeté un dernier regard aux félins mortifiés dans leurs cages.

— Je ne pourrai plus jamais me maquiller !

— Et moi manger du lapin au restaurant chinois, déclare Youssef, sincère ; il paraît que...

— Ne dis pas n'importe quoi, P'tit Beur, on ne sert pas de lapin dans les restaurants chinois ! le coupe Josiane.

Dans le couloir, en courant, David et ses amis essayent chaque porte numérotée. Certaines sont fermées à clé, d'autres s'ouvrent sur des pièces semblables à celle qu'ils viennent de quitter. Autant de blocs opératoires – mais vides de toute présence animale.

Rageur, David revient devant la porte verte.

— Il faut aller dans les étages !

Nathalie le retient.

— David, il faut surtout sortir d'ici avant de se faire prendre ! Si ce laboratoire fait des expériences cruelles sur des animaux volés, nous devons avertir la police et...

— Je ne pars pas sans Chiroux ! Et s'ils lui ont fait du mal...

La voix de David se brise comme du verre.

— ... je fous le feu à cette baraque !

Il s'arrache à l'étreinte de sa sœur et pousse la porte de service. Tous le suivent sans hésiter : personne ne veut rester seul dans les sous-sols. Ils s'engagent dans l'escalier quand une galopade bruyante résonne sur les marches.

Dans le sens de la descente.

Après les parents de Jonathan, c'est la mère d'Isabelle qui a téléphoné.

Puis celle de Josiane, avant le père de Youssef. Robert et Françoise Montembert n'ont pu qu'avouer leur ignorance, en mesurant l'ampleur (et la réalité) du complot qu'ils soupçonnaient.

— Les petits salopiauds ! répète pour la centième fois Montembert père.

— Restons calmes, Robert, dit sa femme ; David et Nathalie n'ont pas fait une fugue, tout de même, ils doivent chercher le chien en compagnie de leurs amis… C'est ça, ils jouent aux détectives !

— Ce n'est pas une raison pour ne pas rentrer déjeuner ! J'ai bien envie d'appeler la police, moi…

— Pour lui dire quoi ? Que ton fils et ta fille sont Sherlock Holmes et Miss Marple réincarnés ? On ne peut rien faire d'autre que les attendre, ou patrouiller dans le quartier, et encore… Ils sont peut-être en train de fouiner à l'autre bout de la ville !

— À moins qu'ils aient vraiment trouvé Chiroux… Je veux dire, qu'ils soient vraiment tombés sur des trafiquants de chiens ! Alors…

Robert Montembert n'achève pas sa phrase – sa femme compose déjà le numéro de téléphone du commissariat.

Volte-face de la troupe dans l'escalier de service.

Affolement, bousculade, repli désordonné, et embouteillage monstre devant la porte verte : tous veulent revenir en même temps dans le couloir.

Derrière eux, la galopade se rapproche.

Au comble de la panique, le groupe se disloque enfin. David, Youssef, Isabelle et Nathalie se propulsent mutuellement au milieu du couloir et s'y séparent sans se concerter, filles d'un côté, garçons de l'autre. Josiane et Jonathan restent en carafe, et n'ont plus que la ressource de s'aplatir dans l'angle sombre du renfoncement poussiéreux.

La seconde d'après, le patron de la casse, le fils Cotteret et les deux hommes en combinaison grise arrivent au bas de l'escalier. Ils repoussent la porte verte avec brutalité et bondissent dans le couloir, sans avoir remarqué les deux formes recroquevillées sous les dernières marches.

Le gros Marcel jure : le couloir est vide.

Mais l'écho d'une course effrénée décroît à chaque extrémité. Après une courte hésitation, les hommes se séparent, eux aussi.

— Je crois qu'on a retrouvé ton ballon, Jonathan, dit Josiane sans rire.

— Qu'est-ce qu'on fait, maintenant ?

— On remonte au niveau du garage et on se taille par la porte au rideau de fer…
— On abandonne les copains ? s'indigne le blondinet.
— Chacun pour soi, si t'as pas encore compris ! riposte la rousse ; et puis, on n'abandonne personne, on va chercher du secours, nuance !
— Tu oublies le barbu ! On pourrait le rencontrer…
— T'as mieux à proposer ?
— P'têt bien…
Avec un air mystérieux, Jonathan va coller son oreille contre la porte verte. Il écoute attentivement, puis entrouvre le battant.
— T'es dingue ? siffle Josiane.
— Shttt, la Rouille !
Le couloir est redevenu silencieux. Jonathan risque la tête plus avant. Personne en vue. Il se retourne vers sa compagne et lui fait signe de le suivre. Josiane obtempère, peu rassurée.
— Regarde…
Jonathan lui montre les appliques lumineuses signalant l'itinéraire d'évacuation d'urgence.

— On n'a qu'à les suivre et on trouvera fatalement une sortie, hé ! J'ai pas inventé la machine à trouer le gruyère, mais je ne suis pas la moitié d'un con, t'es d'accord ?
— D'accord, concède Josiane ; on va à gauche ou à droite ?
— À... À gauche, dit Jonathan.
— À droite ! réplique la rousse par esprit de contradiction.
Ils détalent à droite, vers le fond du couloir.

# Chapitre 12

Isabelle et Nathalie montent.

Au bout du couloir, en face d'un embranchement latéral, elles ont trouvé un autre escalier, grand, en marbre, ainsi qu'un ascenseur qu'elles ont dédaigné : trop dangereux, on ne peut pas savoir ce qui vous attend à l'arrivée. L'embranchement s'enfonçant dans l'inconnu, elles ont préféré monter.

Vers l'inconnu aussi, mais Nathalie avait sa petite idée.

Les filles ont entendu qu'on les poursuivait, elles foncent du plus vite qu'elles peuvent. Leurs baskets sont silencieuses sur le marbre de l'escalier ; à peine un léger chuintement de semelles trahit leur fuite.

Hors d'haleine, elles atteignent un vaste espace découvert, le hall d'accueil de l'entreprise.

Un comptoir de réception, des tables basses et des chaises pour les visiteurs, un porte-manteau tubulaire, des plantes vertes – mauvais terrain pour se cacher.

— On grimpe plus haut ! décide Nathalie.

— Jusqu'au toit ? s'effare Isabelle ; c'est ça, ton idée ? Tu veux qu'on s'échappe par le toit ?

— Non, Zaza, on grimpe jusqu'à ce qu'on trouve un téléphone !

Elles repartent.

Le patron de la casse et le fils Cotteret arrivent à leur tour dans le hall. Ils y font halte et écoutent. Abusés par le silence qui règne dans l'escalier, ils se mettent à fouiller derrière les plantes vertes.

À l'étage supérieur, les filles ont trouvé ce qu'elles cherchaient : un bureau de secrétaire avec un beau téléphone bien en vue. La porte n'en est pas fermée à clé, négligence d'employé distrait, mais la pièce est malheureusement vitrée en totalité, on pourrait les voir en passant devant – pas le temps de faire les difficiles ; tandis qu'Isabelle barricade la porte, Nathalie se rue sur le téléphone.

Il est branché. Tonalité. Sans passer par un standard, c'est une ligne directe.

— Parfait ! se réjouit Nathalie.

— Tu appelles la police ? dit Isabelle.

— Le 12, ça va plus vite…

Ça sonne. On décroche.

— « Vous avez demandé la police, ne quittez pas, nous allons donner suite à votre appel… Vous avez demandé… »

— Un répondeur ! Je…

Le répondeur cède la place à une voix humaine, masculine et professionnelle. Nathalie pousse un ouf de soulagement.

— Monsieur ! Il faut venir tout de suite !

— Je vous écoute, mademoiselle…

Nathalie se lance dans des explications chaotiques et confuses – qu'elle n'a pas le temps de développer.

— Des voleurs de chiens, hein ? fait la voix au téléphone, ironique.

— Oui, monsieur, il faut me croire ! Nous…

— Vous savez que vous êtes passible de poursuites si vous dérangez la police sous un prétexte farfelu, mademoiselle ?

— Mais…
— Je suis bon prince, je ne fais pas repérer votre appel, mais raccrochez tout de suite !
Folle de rage, Nathalie raccroche à en écraser le combiné sur son socle.
— Merde !
— Il ne t'a pas crue ?
— À ton avis ? Je vais appeler mes parents…
Pendant que la blonde compose le numéro de chez elle, la brune va regarder par la fenêtre du bureau. Elle donne sur l'arrière du laboratoire, où est situé le parking des livraisons. Un poids lourd marqué FRONAZ sur la bâche de sa remorque y stationne.
— C'est occupé ! gémit Nathalie.
Isabelle se retourne vers elle, pâle – et pâlit encore plus.
— Nat'…
Derrière le mur vitré du bureau, le gros Marcel et le fils Cotteret les dévisagent, mauvais.

Comme les filles, David et Youssef sont tombés sur un grand escalier et un ascenseur, à l'opposé du couloir. Le bâtiment est de construction symétrique.

Là, pas d'embranchement latéral, aucune autre issue : les garçons se sont lancés à l'assaut des marches, coudes au corps. Poursuivis eux aussi, et par des qui ne cherchaient pas à faire discret.

Ils ne sont pas arrivés dans un hall, mais dans la cafétéria du personnel, qu'ils ont traversée d'une traite. David enrageait, il aurait préféré rester au niveau inférieur, où les chiens étaient censés être.

— On va où, mec ? halète Youssef.

— Je ne sais pas, P'tit Beur, mais on y va !

Galopant droit devant, ils se retrouvent dans les cuisines de la cafétéria. Ils passent une porte derrière les fourneaux, pour atterrir dans un corridor d'entretien bardé d'armoires électriques et de gaines de chauffage.

Ils le suivent. Le corridor se termine par un sas de sécurité. Youssef et David le franchissent et prennent pied sur une passerelle métallique surplombant un entrepôt ; un escalier en fer et un monte-charge permettent d'y descendre. Vu d'en haut, l'endroit révèle son utilisation : c'est un chenil – il est divisé en boxes, comme à la casse automobile.

Des boxes avec des chiens dedans.

— Je pige plus rien, moi ! dit Youssef ; les greffiers de l'étage sont au sous-sol et les clébards…

—… sont ici, au sous-sol aussi, mais ailleurs ! complète David ; ce n'est pas le moment de chercher à comprendre le plan de la baraque, il faut trouver Chiroux !

Les deux garçons dévalent l'escalier de métal à grand bruit ; la proximité de la réussite leur fait oublier toute prudence. Arrivés au fond de l'entrepôt-chenil, ils vont rapidement de box en box, chacun de leur côté. Les chiens y sont enchaînés comme des forçats et dorment tous, abrutis de somnifères. Certains sont aussi martyrisés que les chats de la pièce numéro 7, crâne scalpé et le reste – des flammes vengeresses flambent déjà dans la tête de David.

— Il est là, mec…

Youssef s'est arrêté devant un box.

David bondit, le cœur serré de crainte et d'espoir mélangés.

— Chiroux !

Il est bien là, gisant sur une vieille couverture mitée. Le poil terne, la respiration lourde, la truffe desséchée – mais les pattes et les oreilles intactes.

Bouleversé, David s'agenouille près de son chien, le saisit à bras-le-corps et le serre contre lui, les larmes aux yeux et le goût sucré de la victoire à la bouche.

Chiroux geint faiblement, sans se réveiller.

— Sirop à roupiller, et la dose ! fait Youssef ; à part ça, il a l'air d'aller bien, non ?

— On l'a retrouvé, P'tit Beur... On l'a retrouvé !

— C'est champion, mec, confirme placidement Youssef ; on fait quoi, maintenant ?

— On l'emmène, tiens ! Tu vas m'aider à le porter et...

— Ça m'étonnerait !

Ce n'est pas Youssef qui vient de parler. David tourne la tête vers le sommet de l'escalier en fer : les hommes en combinaison grise se tiennent sur la passerelle.

— Ça m'étonnerait même beaucoup ! ricane l'un d'eux.

L'itinéraire d'évacuation d'urgence est bien balisé. Josiane et Jonathan n'ont eu qu'à suivre les signaux lumineux, après avoir tourné le dos à l'escalier principal qu'Isabelle et Nathalie avaient emprunté.

Mais la rouquine et le blondinet ne sont pas allés loin.

Quand l'entreprise est fermée le dimanche, et que le personnel en est donc absent, les portes pare-feu sont toutes automatiquement condamnées à distance par l'ordinateur du système de sécurité ; en cas d'incendie, celui-ci ne se propagerait pas à l'ensemble du bâtiment.

— L'idée était bonne, Jonat', sauf qu'elle finit en eau de boudin ! soupire Josiane.

— Attends…

Ils piétinent devant une porte étanche au fond d'un couloir mal éclairé, et pourtant Jonathan peut voir la chevelure rousse et bouclée de sa camarade

sans se dilater les rétines. Par contre, son visage reste dans l'ombre.

— La lumière vient d'en...

Jonathan lève les yeux. Aperçoit un soupirail. Le soleil tape en plein dedans.

— Sauvés !

— C'est haut, objecte Josiane, le nez en l'air.

— La courte échelle !

— Toi ou moi ?

— Heu, toi, Josy, dit le blondinet, galant ; toi qui montes, moi qui te fais la courte... Honneur aux dames ! ajoute-t-il en rougissant.

— Bon, je sors, et après ?

— Tu fonces chercher les flics, cette question !

— Et toi ?

— Ben...

— Je te laisse pas, Jonat' ! bafouille Josiane en piquant un fard à son tour ; t'es pas épais, mais t'es plus musclé que moi, alors je te fais la courte et ensuite tu me hisses... et on s'en sort tous les deux !

Ainsi font-ils.

L'ouverture du soupirail ne pose pas de problème majeur. Jonathan se glisse dehors, se couche à plat ventre et tend les bras. Ses doigts atteignent tout juste ceux de Josiane, dressée sur la pointe des pieds, bras tendus.

Ils parviennent quand même à s'attraper par les mains, et le blondinet commence à remonter la rousse. Elle l'aide de son mieux ; ses baskets dérapent sur le mur lisse, cherchant un point d'appui.

— T'es pas trop musclée, mais tu pèses ton poids ! ahane Jonathan, le visage rendu écarlate par l'effort.

— Tais-toi ! Je crois que j'entends quelqu'un qui...

La blouse blanche du chef barbu apparaît au bout de l'embranchement latéral. Josiane pousse un petit cri de frayeur et lâche prise.

Elle retombe lourdement dans le couloir.

Le commissariat a promis d'envoyer des patrouilles en ville, à la recherche des supposés détectives, non sans s'être longuement fait prier.

Françoise Montembert a répercuté l'information aux familles des camarades de ses enfants, monopolisant la ligne téléphonique. À présent, assise au salon, elle essaye de lire pour tromper l'attente, mais les péripéties de la tronçonneuse du sadique ne parviennent pas à la distraire.

Son mari a repris ses mots croisés. Il n'a pas prononcé le mot « salopiauds » depuis un bon quart d'heure. Le fait de trouver coup sur coup le II horizontal et le VI vertical le laisse de glace ; l'inquiétude est la plus forte.

Le téléphone sonne dans le vestibule.

Les époux Montembert sursautent avec un bel ensemble. Ils sont debout en même temps et font la course pour aller décrocher – madame gagne d'une courte encolure.

— Allô ?... Nathalie ! Robert, c'est Nathalie !

— Dieu merci ! Où sont-ils, les petits salop...

— Où êtes-vous, ma chérie ?... Hein ?... Au laboratoi... Oui, j'ai compris ! Mais...

Une succession de bruits indistincts se fait soudain entendre dans l'écouteur – puis un hurlement.

Féminin et terrifié.

Françoise Montembert manque s'évanouir, mais se reprend et retrouve toute la lucidité nécessaire en pareil cas.

— Nathalie, raccroche ! Je dois appeler la police et... Toi aussi ?... Ah, tiens donc ! Eh bien moi, ils vont m'écouter !

# Chapitre 13

Le combiné s'écrase sur son socle alors qu'une nouvelle série de coups sourds ébranlent la porte du bureau.

Isabelle redouble son hurlement de terreur. Nathalie sent ses jambes se dérober sous elle, mais refoule la panique. Ses yeux gris balayent la pièce à toute vitesse.

— Zaza ! Le... La...

Elle montre un énorme classeur à tiroirs format bahut normand qui jouxte la porte du bureau que le gros Marcel et Cotteret sont en train de défoncer.

— Le truc, là !

Isabelle a compris. Elle saisit le

« truc » par les coins et tire dessus. Ça pèse des tonnes, mais ça daigne bouger. Nathalie unit ses efforts aux siens. Arrachant la moquette, centimètre par centimètre, le classeur ripe vers la porte.

Le patron de la casse et le fils Cotteret s'acharnent dessus, à grands coups d'épaule et de botte. Ils ont essayé de briser le vitrage du bureau, en vain : c'est du solide, tout en verre Securit qui s'étoile mais ne s'émiette pas.

— Ouvrez !

— Compte là-dessus, gros lard ! raille Nathalie ; pousse, Zaza, on y est presque...

Le pesant classeur est enfin placé en travers de la porte. Les coups de bélier changent de tonalité devant la nouvelle résistance de l'obstacle. Marcel jure : il vient de se meurtrir l'omoplate.

Les filles courent vers la fenêtre. La hauteur d'un étage à sauter pour atterrir sur du ciment leur fait peur, mais moins que de tomber entre les pattes de leurs assaillants. La fenêtre est à bascule, que l'on peut entrouvrir pour aérer les locaux, mais pas assez pour livrer passage à un corps humain.

— On est prises au piège ! s'affole Isabelle.

Changement de tactique derrière la porte, l'ennemi l'attaque en tapant dessus avec des extincteurs décrochés du mur. C'est efficace : le battant vole en éclats.

— Alors, on se défend ! rugit Nathalie.

Elle attrape le premier objet qui lui tombe sous la main, une lampe halogène dont la base doit peser un bon kilogramme d'acier poli. Stimulée par l'énergie que dégage la blonde, la brune

se saisit d'un presse-papiers en cuivre pesant le double.

Chargeant de concert, le patron de la casse et le fils Cotteret pulvérisent ce qui reste de la porte. Ils renversent le classeur à tiroirs, l'enjambent et sont dans le bureau, suants et essoufflés. Le gros Marcel a la casquette de travers et l'œil sanguinaire ; il s'avance, flanqué du motard.

Tous deux détaillent les jeunes filles avec des regards vulgaires qui les font frissonner de dégoût.

— Laissez tomber vos joujoux, les poulettes, on ne vous veut pas de mal ! gouaille le patron de la casse.

— Un pas de plus et je vous fracasse le crâne ! hurle Nathalie, la lampe brandie.

— Chacune le sien ! renchérit Isabelle, le presse-papiers prêt à frapper.

Le fils Cotteret éclate d'un méchant rire acide.

— Voyez-vous ça, Jeanne d'Arc et Calamity Jane réunies !

— Ouais, mais j'suis Lucky Luke et l'évêque Cauchon à moi tout seul ! ricane Marcel ; si vous voulez jouer aux amazones, vous allez trouver à qui parler, petites garces !

À peine sa phrase terminée, il bondit – avec une rapidité que l'on n'aurait pas devinée vu sa corpulence. Nathalie réagit à retardement : la base de la lampe le cueille en pleine figure, mais manque de force ; le patron de la casse est à peine étourdi.

Cotteret n'est pas en reste, il a sauté sur Isabelle, souple comme un léopard – plus vive qu'une panthère, la brune lui lance son presse-papiers dans la poitrine, stoppant net son élan. Le motard roule à terre, souffle coupé.

Deux à zéro. Isabelle et Nathalie reprennent espoir.

Pas longtemps : l'ennemi revient à la charge, avec une brutalité qui abrège la durée du combat. Les filles ne font plus le poids, elles sont rapidement maîtrisées, en dépit d'une résistance acharnée.

— Fini de rire, maintenant ! triomphe le gros Marcel.

Les deux hommes en combinaison grise descendent l'escalier de fer sans se presser, goguenards.

Mais surpris quand même.

— Des gosses... On courait après des gosses ! Tu le crois, ça, Loulou ?

— Je crois ce que je vois, Fifi !

Manque Riri pour avoir les Castors Juniors au complet, note Youssef, sans que cela le fasse rire. David n'a aucune envie de plaisanter non plus ; il laisse venir les deux types, prêt à toute éventualité. D'avoir retrouvé son chien sain et sauf décuple son courage.

— Drôle de couple, fait celui qui s'appelle Loulou.

— Un vrai Gaulois et un petit bougnoule ! crache l'autre.

Ses yeux fuyants toisent Youssef avec une haine non dissimulée. Celui-ci comprend ce que voulaient dire son père et son grand frère Mohammed quand ils parlaient de ceux qui jugent leur semblable sur la couleur de sa peau : ils doivent avoir le même regard répugnant.

— Ta mère en tongs devant le Prisu, mec, je suis aussi gaulois que mon copain ! balbutie Youssef.

— Mais il répond, l'effronté ! gronde Fifi ; je vais te renvoyer dans ton pays à coups de pompe dans le cul, moi !

— C'est ici, mon pays, pauv'con ! s'entête Youssef.

— Laisse tomber, P'tit Beur, ces bouffons ne valent même pas la peine qu'on les insulte, dit David avec le maximum de mépris dont il est capable ; ils feront moins les fiers quand ils seront en prison !

— Faudra d'abord nous y mettre !

— T'énerve pas, Loulou, ces petits crétins, ça aboie mais ça ne mord pas ! ricane Fifi ; bon, le chef nous a demandé de trouver les intrus... Il n'a pas précisé s'il les voulait entiers !

David et Youssef se raidissent : si les deux types s'imaginent qu'ils vont se laisser cogner dessus sans réagir, ils se trompent.

L'arrivée du barbu brise la tension qui montait dans l'entrepôt-chenil. Il pousse devant lui Josiane ; la rousse court se réfugier auprès de ses camarades.

— J'ai trouvé celle-là dans les sous-sols, elle a bien failli me filer entre les pattes ! Marcel et Cotteret en ont trouvé deux autres au secrétariat, ils les ramènent...

Le patron de la casse et le motard font

leur apparition sur la passerelle, avec leurs prisonnières. Isabelle et Nathalie rejoignent la troupe des détectives qui ne compte plus que cinq unités. Ils se serrent les uns contre les autres, pour faire bloc.

— Ma parole, c'est un nid ! s'esclaffe Loulou.

— On aurait dû les étouffer dans l'œuf ! grommelle le barbu ; vous êtes au complet, la petite classe ?

Josiane devance tout le monde pour répondre.

— Oui, m'sieur, nous sommes tous là !

— La blonde essayait de téléphoner quand on l'a coincée avec sa copine, déclare Marcel en désignant Nathalie.

— Cafteur ! murmure Youssef.

— Tu dis, toi ? grogne le barbu.

— Rien, m'sieur...

— J'aime mieux ça ! Et à qui voulait-on téléphoner, mademoiselle ?

— À ma mère, mais ça sonnait occupé et je n'ai pas eu le temps d'appeler la police ! répond Nathalie du tac au tac.

— Dommage ! Vraiment dommage pour vous, parce qu'alors... personne ne sait où vous êtes !

Un frisson secoue le groupe d'aventuriers. David se penche sur Josiane et lui parle bas.
— Jonathan ?
— Sorti !
Tout va donc dépendre de la vitesse et de l'astuce du blondinet – s'il est aussi doué pour ameuter les secours que pour les versions d'anglais, il y a du souci à se faire.
— Qu'est-ce qu'on fait, chef ? demande le fils Cotteret.
— On avertit la police, imbécile, pas moyen de faire autrement ! réplique le barbu ; nous avons trouvé des voleurs dans l'entreprise...
— On n'est pas des voleurs ! proteste Youssef.
— Des voleurs ou des curieux, c'est du pareil au même ! Violation de propriété privée, dégradations, votre compte est bon ! Loulou, allez chercher de la corde, que nous ficelions ces gêneurs...
Loulou obéit et remonte quatre à quatre l'escalier en fer. David n'en croit pas ses oreilles.
— Vous allez vraiment appeler la police ?

— Mais oui, mon garçon, je suis dans mon bon droit, j'ai la loi pour moi ! Je vais porter plainte contre vous... Bien sûr, la police ne trouvera pas une seule bestiole suspecte au laboratoire !

— On remballe encore toute la ménagerie, chef ? râle le patron de la casse.

— Pas plus tard que tout de suite, Marcel, mais cette fois nous ne mettrons pas les animaux chez vous, des fois que la police écoute quand même ces mômes ! ordonne le barbu ; pour le reste, je me charge d'étouffer l'affai...

Loulou surgit sur la passerelle, blême et paniqué. Il agite ses bras comme un pantin désarticulé.

— Chef ! Les flics ! Y en a partout sur le parking !

— Bien joué, Jonathan ! murmure Josiane.

— Vous êtes fou ! s'énerve le barbu.

— Des dizaines de flics, chef ! pleurniche Loulou ; on est foutus !

David toise le barbu et ses complices, triomphant.

— J'ai bien peur que la police ne trouve beaucoup de bestioles suspectes au laboratoire, m'sieur !

Le barbu devient aussi blanc que sa blouse. Le gros Marcel et le fils Cotteret baissent le nez, vaincus. Les détectives retrouvent le sourire.

— On est sauvés, alors ? dit Youssef.

— Oui, P'tit Beur, on est sauvés, répond Nathalie.

— Dans ce cas... Je boufferais bien quelque chose, moi !

# Chapitre 14

La blanquette de veau à l'ancienne de Robert Montembert est une pure merveille.

Cuisson, assaisonnement, garniture, le cuistot a réussi sa spécialité favorite à la perfection. En entrée, il servira une simple salade verte, pour se mettre en appétit sans gâcher l'effet du plat de résistance. Pour le dessert, sa femme a confectionné un gâteau au chocolat et noix de pécan, dont la recette se transmet de mère en fille tel un secret d'État (mais Nathalie songe sérieusement à interrompre la transmission pour la sauvegarde du foie des générations futures).

Nappe fleurie, porcelaine fine, argenterie, le couvert des grands jours a été dressé dans la salle à manger. Repas de gala, car, ce soir, il y a des invités de marque : la bande de détectives amateurs au complet.

Le sauvetage de Chiroux va être fêté comme il se doit.

Remis de leurs inquiétudes, les parents de Josiane, d'Isabelle et de Jonathan ont bien voulu que leurs enfants répondent à l'invitation de David et Nathalie, le samedi suivant la fin de l'aventure. S'agissant d'aller s'asseoir devant une assiette bellement garnie, Youssef a su trouver les mots pour convaincre son père d'accepter, lui aussi.

Avant de passer à table, l'apéritif est pris au salon.

— Mes enfants, levons nos verres à Chiroux ! clame Robert Montembert, un rien solennel.

— À Chiroux ! répondent tous les autres en chœur.

L'intéressé roupille comme un sonneur sur le canapé, suprême privilège de rescapé. M. Maurin, le vétérinaire, assure que le chien s'est totalement remis, sans séquelles – l'occupation abusive du canapé sent l'arnaque, mais personne n'ose encore ramener Chiroux aux bonnes manières.

Très ému, David porte également un toast.

— À… À tous mes amis ! Et à ma sœur… Nat', t'es la meilleure des frangines !

— Comme frangin, tu n'es pas mal non plus ! minaude la blonde, que le compliment a touchée au cœur.

— Comme chef d'expédition par contre… Peut mieux faire ! ironise Isabelle.

— Vous êtes tous formidables, pas de jaloux ! tranche Montembert père pour mettre tout le monde d'accord.

— T'as raison, mec… Pardon ! Vous avez raison, m'sieur ! bafouille Youssef, la bouche pleine de cacahuètes.

M'sieur sourit, indulgent. Son épouse ronchonne pour la forme.

— La prochaine fois, débrouillez-vous pour nous mettre au courant avant de vous retrouver dans le pétrin !

— Il y aura donc une prochaine fois ? fait David, innocent.

— J'aurais mieux fait de me taire !

soupire comiquement sa mère ; tu peux plaisanter, mais sais-tu que cela aurait pu très mal se terminer pour vous ?

— On peut dire qu'on a eu chaud aux plumes ! assure Jonathan ; sans moi...

Le regard fier du blondinet se fait rêveur, il s'y revoit comme s'il y était encore : l'abandon forcé de Josiane, l'escalade de la clôture du laboratoire, la course éperdue à travers la zone industrielle, le retour en ville et finalement la rencontre inopinée avec une voiture de police (une des patrouilles du commissariat), le branle-bas de combat et l'arrivée de la cavalerie comme dans les westerns – la voix railleuse de Josiane tire Jonathan de sa rêverie.

— Sans toi, je n'aurais pas été obligée de mentir ! T'as du mou de veau dans les bras, Jonat' !

— Oh l'autre, la mauvaise foi ! C'est toi qui...

— Je plaisante ! À propos, tu viens rechercher ton ballon chez moi quand tu veux... ajoute la rousse en faisant les yeux doux au blondinet.

Jonathan rougit et cache son trouble

dans le bol de chips, au grand désarroi de Youssef.

— En parlant de veau, si on passait à table ? suggère finement Robert Montembert.

L'entrée ne faisant pas long feu, on attaque les choses sérieuses. Servie toute frémissante dans sa cocotte en fonte, accompagnée d'un riz tendre et croquant à souhait, la blanquette du chef fait l'unanimité. Youssef en salive comme une douzaine d'escargots visitant une mine de sel.

— C'est champion !

D'autres compliments fusent. Le cuistot fait le modeste, mais en redemande – de la blanquette ET des compliments.

— Papa…

— Oui, David ?

— Le laboratoire Fronaz, il va être fermé ? Je veux dire, fermé définitivement ?

— Sans doute…

Le père de David n'en dit pas plus. Il s'est renseigné auprès de la police, qui ne l'a pas bercé d'illusions quant aux suites judiciaires de l'affaire : sans être une firme de grande importance, la

Fronaz brasse tout de même des intérêts financiers non négligeables et, dès qu'il s'agit d'argent, la frontière entre le bien et le mal devient vite floue. Son fils apprendra bien assez tôt que le monde n'est pas aussi équitable qu'on voudrait le faire croire.

— Robert...

— Ma chère femme ?

— Tu as l'air tout chose...

— C'est... C'est juste une définition de mes mots croisés qui me turlupine, dit Robert Montembert pour donner le change.

— On peut savoir ? demande Nathalie.

— « On trouve tout chez lui ! », en dix lettres...

— Facile, c'est « Samaritain », dit Youssef.

Tous se tournent vers lui, les yeux ronds, stupéfaits par la rapidité de sa réponse. Le cruciverbiste fonce au salon chercher sa grille. Jonathan dévisage son camarade, soupçonneux.

— T'es sûr, P'tit Beur, ou t'inventes pour frimer ?

Youssef est révolté – moins par l'accusation que par l'ignorance de la tablée.

— J'invente rien ! C'est comme sa gonzesse, puisqu'on trouve tout, à la *Samaritaine* !

— Ça colle... C'est champion, mec ! hurle depuis le salon Robert Montembert, ravi.

# Castor Poche

Des livres pour toutes les envies de lire,
envie de rire, de frissonner, envie
de partir loin ou de se pelotonner dans un coin.

Des livres pour ceux qui dévorent.
Des livres pour ceux qui grignotent.
Des livres pour ceux qui croient ne pas aimer lire.
Des livres pour ouvrir l'appétit de lire et de grandir.

Castor Poche rassemble des textes du monde entier ; des récits qui parlent de vous mais aussi d'ailleurs, de pays lointains ou plus proches, de cultures différentes ; des romans, des récits, des témoignages, des documents écrits avec passion par des auteurs qui aiment la vie, qui défendent et respectent les différences. Des livres qui abordent les questions que vous vous posez.

Les auteurs, les illustrateurs, les traducteurs vous invitent à communiquer, à correspondre avec eux.

Castor Poche
Atelier du Père Castor
4, rue Casimir-Delavigne
75006 PARIS

*Castor Poche, des livres pour toutes les envies de lire: pour ceux qui aiment frissonner, les romans policiers, résoudre des énigmes, voici une sélection de romans palpitants.*

**655 Double meurtre à l'abbaye** **Senior**
par Jacqueline Mirande
À la fin du XII^e siècle, un pèlerin de Saint-Jacques est retrouvé assassiné dans l'enceinte de l'abbaye de Hautefrage. Qui est le meurtrier? Y-a-t-il encore des innocents?

**649 Lieux du crime** **Senior**
par Andreu Martin
Le vieux et séduisant Valero est l'inquiétant détenteur de terribles secrets. Voilà deux ans, il a entraîné Lluc dans uns équipée où œuvraient dans l'ombre des guerriers immortels en lutte pour la possession d'un trésor. Aujourd'hui, il revient, porteur de tous les dangers. Et Lluc se résoud à demander l'aide d'Hanna, la jeune vacancière allemande qui lui plaît tant. L'enquête commence sous le soleil de Majorque, riche en suspense et périls...

**643 La coupe du monde n'aura pas lieu** **Junior**
par Daniel Picouly
Faussette a disparu! Hondo qui découvre l'affaire fait appel àses amis, Jo et Edito. Réunion du club des Ruines... Tous les indices les mènent au stade de France. Bizarre... et si la coupe du monde n'avait pas lieu?

**642 Prise d'otage à la Bastille** **Senior**
par Hubert Ben Kemoun
Superbe demeure que la maison du n°5 de la rue de la Bastille! Protégée par un mur et gardée par un fauve. Mais rien ne peut arrêter Antoine, cette nuit. Dans cet écrin vit Marianne, et Toine a parié de lui faire une déclaration d'amour originale et romantique. Rue de la Bastille? Marianne? Toine va se retrouver enfermé pour longtemps dans un cachot...

### 639 **Complot à Rome** **Senior**

par Lola Gonzàlez

Jules César meurt, assassiné par les siens. Danc ce climat de méfiance et de trahison, Drusus et Porcia sont en danger : leur oncle, le sénateur Marius Dimitio a participé au complot. Les deux enfants doivent fuir; dans une Rome où tout le monde est suspect…

### 638 **Piratage à la cité** **Junior**

par Jacky Pop

Un drôle d'individu rôde dans la cité des Planètes. Il propose un marché à Cheita et à ses copains : revendre des CD de jeux piratés. Cheita se retrouve mêlé, bien malgré lui, à un trafic dangereux…

### 626 **Esteban du désert rouge** **Senior**

par Michel Honaker

Dans le désert rouge d'Arizona, les esprits maléfiques gouvernent. Quand les trois adolescents disparaissent, les soupçons se tournent vers les Indiens Hopis, aux pratiques mystérieuses. Parmi eux, seul Esteban chante et danse encore. Il devra affronter son destin…

### 623 **Copier Coller** **Senior**

par Cesare Battisti

Bruno est obsédé par ses origines. Il tente de recoller les morceaux d'un passé familial énigmatique. Sa rencontre avec Pixel, un passionné d'informatique, va changer sa vie. Qui est donc ce garçon qui lui ressemble étrangement ?

### 622 **Meurtre à la crique** **Junior**

par Yves-Marie Clément

Tom participe à une compétition de judo en Guyane. Il gagne un coffret de grande valeur, remis par un homme d'affaires louche. Mais l'homme est assassiné, les coffret est volé, et Tom se retrouve mêlé à un bien étrange fait-divers. Qui tient tant à récupérer ce coffret et pourquoi ? Tom décide de mener l'enquête…

## 597 David a du flair — Junior

par Edgar-Allan Poe

Chiroux, le chien de la famille Montembert, a disparu. David ne croit pas à une fugue ou à un accident, il est persuadé que son chien a été enlevé pour servir de cobaye. Avec sa sour Nathalie et leurs copains, il décide de mener l'enquête du côté des laboratoires Fronaz.

## 596 Sans nouvelles de la montagne — Senior

par Ramon Royal Ross

Harper et Moon passent une semaine inoubliable de vacances chez Olinger, vieil homme bourru et chaleureux au cœur de la forêt. Mais Moon, fantasque et imprévisible, disparaît avec la fin de l'été. Et lorsque Olinger est retrouvé mort, tout accuse Moon. Pourtant Harper refuse d'admettre la culpabilité de son ami...

## 593 Les assassins du cercle rouge — Senior

par Jean-Paul Nozière

Le meurtre d'un voisin va donner à Charlotte et à Simon l'occasion d'éprouver leur talent de détective. Ils se retrouvent en possession de documents datant de la Seconde Guerre Mondiale. Documents convoités par une bande de nostalgiques de l'époque nazie. Le jeu tourne alors au cauchemar, et une période que Charloitte et Simon croyaient à jamais enfouie dans leur livre d'histoire ressurgit brutalement, sinistre mais bien vivante.

## 591 Sam s'en mêle — Junior

par Linda Stewart

Sam est appelé par la divine Antoinette pour retrouver Sandy, le chat kidnappé. Sous le charme de la belle actrice, Sam se lance sur les traces de Sandy; son enquête le mène tout droit dans les coulisses des studios Chandelier. Mais la partie n'est pas gagnée, les ennemis sont coriaces...

### 587 **L'inconnu dans le frigo** **Junior**

par Michel Grimaud

David, poursuivi par des trafiquants, se cache dans un frigo abandonné dans une décharge. Quelle n'est pas la surprise de Jenny et Désiré, brocanteurs, lorsqu'ils découvrent un inconnu dans le frigo qu'ils ont récupéré ! David est blessé ; le coup qu'il a reçu sur la tête lui a fait perdre la mémoire. Mais les trafiquants ont retrouvé sa trace et deviennent menaçants...

### 586 **Intrigue au palais** **Senior**

par Jose Luis Velasco

Pourquoi Rodrigo a-t-il tué l'eunuque favori du calife? Tout l'accuse, et pourtant Rodrigo nie; la sage Hantal, avec l'aide de son fils Fernando, comprend que la vérité n'est pas si simple. Le palais du calife est le siège de bien des intrigues...

### 582 **Le lutteur de sumo** **Junior**

par Daniel Picouly

Hondi s'inquiète pour son amie Musique. Muette, elle ne mange plus et se traîne comme une somnambule. Prostrée dans son fauteuil, elle serre contre son cœur une photo. En démêlant les fils du passé de Musique, Hondo et ses amis du club des ruines découvrent une histoire d'amour pas comme les autres.

### 577 **Course-poursuite à l'italienne** **Senior**

par Dominique Buisset

Olivier, en voyage scolaire à Rome, rencontre une belle italienne, Anna-Luisa, qui lui tourne le cœur et la tête. Pour lui plaire, Olivier vole un blouson de cuir dans un magasin. Poursuivi, il est aidé dans sa fuite par deux individus louches. Leur générosité n'est pas gratuite et Olivier se retrouve entre les griffes de trafiquants d'art internationaux.

## 565 **Le scarabée d'or suivi de La lettre volée** **Senior**

par Edgar-Allan Poe

William Legrand trouve un gros scarabée couleur d'or magnifique. C'est un spécimen rare, et la nouvelle fait le tour de l'île Sullivan. Mais bientôt, le bruit court, le scarabée a ensorcelé William... La lettre volée: Comment trouver ce que tout le monde cherche sans résultat? Changer de méthode! Dupin réfléchit, déduit, et, loin de l'agitation, il trouve...

## 564 **Les aventures de Victor Bergame** **Junior**

par Jean-Claude Narboni

Victor Bergame, agent secret, doit mener une enquête très confidentielle. Pourquoi son chef Fleurus lui confie-t-il cette mission? Pourquoi le colonel Zatopec l'accompagne-t-il? Que mijote donc le mystérieux Abergel? Qui a volé la pilule grand-mère qui permet de voyager dans le temps? Autant de questions auxquelles Bergame devra répondre pour éviter les pièges tendus sur sa route...

## 563 **Compte à rebours** **Senior**

par Walter Dean Myers

Jimmy grandit dans un quartier noir de New York. À quatorze ans, il n'a rien connu d'autre et Mama Jean, qui lui tient lieu à la fois de père et de mère, veille à ce qu'il pousse bien droit. Mais tout bascule le jour où Jimmy est abordé par un inconnu qui assure être son père.

## 562 **Un week-end fou** **Junior**

par Gary Soto

Mando et Hector sont persuadés qu'ils vont bien s'amuser chez Julio, l'oncle d'Hector, où ils vont passer le week-end. En effet, le résultat dépasse toutes leurs espérances. Témoins d'un vol à main armée, les voilà poursuivis par des bandits...

## 552 L'étrange affaire Plumet — Senior

par Liliane Korb – Laurence Lefèvre

Arthur est un passionné de romans policiers américains, il observe, note et analyse tout ce qui se passe autour de lui, à la manière des grands détectives privés. Mais bientôt la réalité rattrape la fiction… Arthur sera-t-il à la hauteur de ses maîtres ?

## 547 Jonathan et le secret des vignes — Junior

par Tigrane

Pourquoi le grand-père de Jonathan est-il surnommé Papy-mystères ? Que cache donc ce vieux vigneron à la solide réputation d'original ? Les sensations olfactives qui envahissent soudainement Jonathan lui révèlent un monde d'odeurs qu'il n'imaginait pas jusqu'alors. Jonathan va profiter de ce don pour mener une enquête et résoudre les mystères qui entourent son grand-père

## 538 Cauchemar pirate — Junior

par Daniel Picouly

Hondo est hanté par un cauchemar où il assiste, impuissant, à un crime. Le lieu du crime ? Une maison abandonnée du quartier. Hondo en est sûr, le nœud de l'énigme se trouve là-bas. Avec ses copains du Club des Ruines, Hondo va mener l'enquête sur la trace d'une histoire ancienne. Le cauchemar se mêlera à la réalité, les ombres du passé réclameront justice…

## 531 Le courage d'Alex — Senior

par Chester Aaron

Alex et son copain arpentent régulièrement la plage à la recherche d'un trésor ramené par les vagues. C'est là qu'un jour, la découverte d'un corps inanimé va bouleverser la vie des deux garçons… Qui est cet homme ? Pourquoi les deux voisines d'Alex paraissent-elles terrorisées ?

## 528 Les trente-neuf marches — Senior

par John Buchan

Fortune faite en Afrique du Sud, Richard Hannay revient à Londres pour goûter pleinement une vie d'oisiveté.
Ses plans sont bouleversés par l'assassinat d'un homme dans son appartement. Le voici mêlé à une histoire d'espionnage, nous sommes à la veille de la première Guerre mondiale.

## 494 Sam, détective privé — Junior

par Linda Stewart

Sam a toutes les caractéristiques d'un détective privé new-yorkais, mais c'est un chat ! Sa clairvoyance et son grand sens de la déduction l'amènent à résoudre le mystère des cambriolages qui inquiètent les habitants de son quartier.

## 491 Arsène Lupin, L'agence Barnett et Cie — Senior

par Maurice Leblanc

Qui est donc cet intrigant Jim Barnett ? Il se trouve mêlé aux histoires les plus rocambolesques et tire toujours au clair les plus grands mystères ? Il semblerait que son agence privée, Barnett et Cie résolve tous les problèmes gratuitement ou presque ! Chaque fois, ce sont les coupables qui sont punis et les innocents qui échappent aux dangers ! Vous l'aurez compris, Arsène Lupin n'est pas loin…

## 490 Arsène Lupin, Le bouchon de cristal — Senior

par Maurice Leblanc

Un mystérieux bouchon de cristal est convoité par beaucoup trop de monde. Quel secret recèle-t-il, comment expliquer que certains iraient jusqu'au meurtre pour se le procurer ? Arsène Lupin mène l'enquête… Notre brillant gentleman devra se montrer très astucieux s'il veut faire échouer les plans d'un adversaire particulièrement redoutable.

**486 Le casse-tête chinois** **Senior**
par Harriet Graham
Flora et William ont été recueillis par Samuel Rolandson, le célèbre magicien. Alors que les enfants s'apprêtent à partir en vacances, Samuel reçoit la visite de Chang un vieil ami chinois. Samuel semble tout heureux de le retrouver, pourtant les enfants soupçonnent Chang de leur cacher quelque chose...

**481 Coupable!** **Junior**
par Ruth Thomas
La vie de Kate, dix ans, n'est pas drôle tout les jours. Heureusement elle se console auprès de son ami de classe Desmond, un jeune Noir dont le père sort de prison. Cependant les problèmes apparaissent lorsque le père de ce dernier est accusé d'une série de cambriolages.

**478 Le chien des Baskerville** **Senior**
par sir Arthur Conan Doyle
Une malédiction pèse sur les Baskerville. Une lande désolée cerne le manoir familial, elle est hantée par une bête mi-chien mi-démon qui selon la légende, tue le dernier héritier du nom. Sir Henry de Baskerville, très impressionné par la mort tragique de son oncle, en appelle au génie de Sherlock Holmes pour briser le sort qui semble s'acharner sur la famille.

**469 Les aventures de Sherlock Holmes, tome II** **Senior**
par sir Arthur Conan Doyle
Sherlock Holmes nous entraîne du monde trouble des bas-fonds londoniens jusque dans la campagne anglaise dans ces quatre nouvelles. Accompagné par son fidèle ami Watson, il dénoue avec brio les énigmes les plus compliquées, celles qui résistent même aux meilleurs limiers de la police.

338 Passage de la Main-d'Or Junior

**468 Les aventures de Sherlock Holmes, tome I** **Senior**

par sir Arthur Conan Doyle

Sherlock Holmes déploie son génie de la déduction dans cinq nouvelles où; le moindre indice a son importance et lui permet de reconstituer une affaire jusque dans le plus petit détail...

**465 L'ancêtre disparue** **Junior**

par Lorris Murail

Corinne, Marinette et Arthur, en vacances dans la maison de leurs ancêtres, découvrent un album de famille. Pourquoi certaines photos ont-elles été systématiquement découpées, supprimant le visage d'une femme ? Les trois enfants mènent l'enquête, et partent à la recherche du secret de famille oubliée.

**449 Le voleur** **Senior**

par Jan Needle

Kevin n'a pas de chance, son père est en prison, sa mère est plongée dans une dépression nerveuse et c'est Tracey, sa sœur aînée, qui fait bouillir la marmite ! Naguère, Kevin a volé; des bonbons, et sa réputation est faite : c'est un voleur ! Il ne chaparde plus, mais lorsqu'un billet de banque disparaît du sac d'un professeur, tout le monde l'accuse, même Tracey.

**447 La mémoire en miettes** **Junior**

par Thierry Alquier

L'inspecteur Lemarchand, à la veille d'un long week-end, découvre au poste de police un jeune garçon amnésique. Il ne sait qui il est, d'ou il vient, il a même oublié son nom. On l'appellera Mémory en attendant que la mémoire lui revienne. Il sera recueilli par les Lemarchand. L'inspecteur et son fils Étienne mèneront l'enquête pour retrouver le passé de Mémory. C'est le début d'un long voyage...

## 430 **Le Mugigruff la bête du mont Grommelon** **Junior**

par Natalie Babbitt

Par temps de pluie, des pleurs lancinants s'élèvent du mont Grommelon. Depuis plus de mille ans, une bête abominable vit là-haut dans la brume à donner des frissons aux habitants du bourg niché au pied du mont. Un garçon de onze ans, en visite chez sononcle, décide d'aller là-haut voir de quoi il retourne...

## 425 **Sur la piste du léopard** **Junior**

par Cecil Bodker

Une nouvelle fois, le léopard emporte un veau de Tibeso, le gardien du troupeau. Il part alors au village voisin chez le grand sorcier chercher conseil. Mais le léopard n'est pas le seul responsable des vols. Tibeso le sait, et les brigands savent aussi qu'ils ont été découverts par un enfant. C'est le début d'une course-poursuite haletante...

## 384 **Deux espions à Fécamp** **Junior**

par Bertrand Solet

Été 1906, c'est la saison des bains de mer pour les riches vacanciers, mais Jean-Marie travaille dur dans les cuisines d'un hôtel. Son père, un terre-neuvas, a été blessé lors d'une campagne de pêche et le garçon veut savoir par qui. Dans la ville se cachent deux espions russes traqués par les policiers. Jean-Marie, l'espace d'un été, joue au détective.

## 380 **La folle poursuite** **Junior**

par Hugh Galt

À Dublin, à peine Nicolas possède-t-il le vélo de ses rêves qu'on le lui vole. En partant sur les traces des voleurs, il tombe sur une bande de kidnappeurs très dangereux. Suspense, mouvement et humour sont au rendez-vous qui nous mène au dénouement d'une traite.

### 348 **Le mystère de la maison aux chats** **Junior**

par Carol Adorjan

Beth vient d'emménager dans une vieille maison, elle a pour voisin un couple aux allures originales. La dame propose à Beth de nourrir les cinq chats qu'elle a recueillis. Mais des indices étranges intriguent Beth. Il y a quelqu'un d'autre dans la maison. Il faudra du courage et de la détermination à Beth pour mener son enquête.

### 338 **Passage de la main d'or** **Junior**

par Laurence Lefèvre

Estelle, Antoine Bonnard et leurs enfants - Victor et Indiana - emménagent dans un vieil atelier du XI$^{e}$arrondissement de Paris. Indiana rencontre un curieux jeune Anglais amnésique. D'où vient-il? Pourquoi a-t-il si peur des chats? Un vent de folie souffle sur le passage de la Main-d'Or.

### 330 **Les fantômes de Klontarf** **Junior**

par Colin Thiele

Matt et Tenu vont Jouer dans la colline. Un orage éclate Terry tombe et se casse la jambe! Matt laisse Terry à l'abri dans une demeure abandonnée. Lorsque les secours arrivent, Terry prétend avoir vu des fantômes... Malgré l'hostilité des propriétaires de la vieille ferme, Matt et ses amis n'abandonnent pas. Ils vont affronter le danger pour découvrir quels mystères cachent ces vieux murs...

### 310 **Laura et le mystère de la chambre rose** **Junior**

par Jacques Delval

Pour s'éviter de longs trajets quotidiens entre l'école et la maison, Laura va habiter chez une grand-tante. Et voici Laura emportée dans une aventure des plus étranges. Quel mystère cache la vieille demeure? Pourquoi ces bruits inquiétants, ces chambres toujours fermées à clef?